LUDICIDADE
e ATIVIDADES LÚDICAS
na PRÁTICA EDUCATIVA
COMPREENSÕES CONCEITUAIS E PROPOSIÇÕES

EDITORA AFILIADA

Dados Internacionais de Catalogação na Publicação (CIP)
(Câmara Brasileira do Livro, SP, Brasil)

Luckesi, Cipriano Carlos
  Ludicidade e atividades lúdicas na prática educativa : compreensões
conceituais e proposições / Cipriano Carlos Luckesi. – São Paulo :
Cortez, 2022.

  Bibliografia.
  ISBN 978-65-5555-259-1

  1. Atividades lúdicas 2. Crianças - Desenvolvimento 3. Educação de
crianças 4. Jogos educativos - Atividades 5. Prática de ensino I. Título.

22-113004   CDD-371.397

Índices para catálogo sistemático:
1. Ludicidade : Educação   371.397

Cibele Maria Dias - Bibliotecária - CRB-8/9427

Cipriano Carlos Luckesi

LUDICIDADE
e ATIVIDADES LÚDICAS
na PRÁTICA EDUCATIVA
COMPREENSÕES CONCEITUAIS E PROPOSIÇÕES

São Paulo – SP

2022

CORTEZ EDITORA

LUDICIDADE E ATIVIDADES LÚDICAS NA PRÁTICA EDUCATIVA:
Compreensões conceituais e proposições
Cipriano Carlos Luckesi

Capa: de Sign Arte Visual
Preparação de originais: Marcia Rodrigues Nunes
Revisão: Ana Paula Ribeiro
Editora-assistente: Priscila F. Augusto
Diagramação: Linea Editora
Coordenação editorial: Danilo A. Q. Morales
Direção editorial: Miriam Cortez

Nenhuma parte desta obra pode ser reproduzida ou duplicada
sem autorização expressa do autor e do editor.

© 2022 by Cipriano Carlos Luckesi

Direitos para esta edição
CORTEZ EDITORA
R. Monte Alegre, 1074 — Perdizes
05014-001 — São Paulo-SP
Tel.: +55 11 3864 0111
cortez@cortezeditora.com.br
www.cortezeditora.com.br

Impresso no Brasil – outubro de 2022

*Dedico este livro às educadoras e aos educadores
que tornam lúdicos os atos de ensinar e de aprender
em nossas escolas e em nossas Universidades!*

Sumário

INTRODUÇÃO 9

CAPÍTULO 1 Compreendendo o conceito de ludicidade 15
CAPÍTULO 2 Ludicidade no espectro das áreas de
            conhecimento 27
CAPÍTULO 3 Atividades lúdicas e sua função no
            desenvolvimento do ser humano 43
CAPÍTULO 4 Atividades lúdicas e a restauração do
            equilíbrio entre as camadas embrionárias
            constitutivas do ser humano 67
CAPÍTULO 5 Ludicidade e vida cotidiana na prática
            educativa 85
CAPÍTULO 6 Sobre o brincar 99
CAPÍTULO 7 Ludopedagogia: programa de estudos 117
CAPÍTULO 8 Bibliografia geral 129

CONSIDERAÇÕES FINAIS 143
ANEXOS I, II e III 147

Introdução

Este livro está composto por tratamentos relativos à *ludicidade*, cujas abordagens e compreensões foram elaboradas e partilhadas no decurso das atividades docentes do autor no Programa de Pós-Graduação em Educação, Faculdade de Educação, Universidade Federal da Bahia, em especial no período final dos anos 1990 e inicial dos anos 2000, período em que as referidas compreensões ganharam forma mais definidas.

O livro contém textos tornados públicos nesse período, os quais expõem as formulações conceituais mais importantes que o autor estabeleceu a respeito da fenomenologia da ludicidade nas atividades humanas em geral e, em específico, nas atividades educativas institucionais regulares. Além disso, registra uma bibliografia que poderá ser utilizada tanto para estudos sobre as atividades lúdicas como também para compreender e orientar uma prática de ensino realizada sob essa ótica filosófica e pedagógica.

Os referidos estudos, de início, ocorreram de modo esparso, porém seguiram para um tratamento constante praticado de modo sucessivo no âmbito das Disciplinas Optativas do Programa de Pós-Graduação em Educação, acima referido, intituladas Ludopedagogia I, Ludopedagogia II e Ludopedagogia III, oferecidas uma a cada semestre letivo.

No decurso desse espaço de tempo, professor e estudantes que frequentavam as aulas das referidas disciplinas, juntos, fomos compreendendo a fenomenologia da ludicidade, fator que possibilitou, no decurso do tempo, formular compreensões que foram tornadas públicas através de variados recursos de comunicação e que, no presente momento, compõem os capítulos deste livro, com os ajustes que se fizeram necessários após múltiplos anos das experiências vividas.

No começo dos anos 1990, deu-se, por parte do autor, o início dos estudos e do uso pedagógico das atividades caracterizadas como lúdicas. Havia, naquele momento, no contexto sociocultural em que vivíamos, a compreensão de que lúdicas eram as atividades praticadas por crianças, sob a forma de brincadeiras. No caso, a literatura mantinha a compreensão predominante de que as atividades lúdicas pertenciam ao mundo infantil.

Vagarosamente, no decurso das atividades de estudos e de ensino por parte do autor, com a participação efetiva de estudantes da Pós-Graduação em Educação, emergiu o entendimento de que a característica lúdica não pertencia — e não pertence — exclusivamente às atividades dos *brincares*, sendo eles infantis ou não, mas também às ações dos seres humanos em geral, independentemente da idade. Para a compreensão desse entendimento, importa ter presente as características próprias de cada idade, como teremos oportunidade de verificar no decurso dos capítulos da presente publicação.

No período dos anos 1990, acima citado de ensino e de estudos, passamos a compreender que a experiência da ludicidade tinha — e tem — a ver com o ser humano durante toda a sua vida. O estado lúdico, em sua essência, apresenta sempre a mesma caraterística fundamental, variando as atividades em conformidade com as idades. Compreendemos, então, que, tanto na infância como nas faixas etárias subsequentes da vida humana, são lúdicas as atividades que viabilizam experiências plenas, confortáveis, íntegras e também jocosas, porém, não obrigatória, necessária e exclusivamente com essa característica.

No decurso dos capítulos da presente publicação, o leitor se deparará com textos ou partes de textos escritos e publicados no período acima registrado — anos 1990 —, com ajustes que se fizeram necessários frente ao tempo decorrido entre a sua primeira publicação e o presente momento, de modo especial no que se refere às expressões linguísticas assim como aos fatos próprios e específicos do momento em que os escritos foram elaborados.

Os ajustes realizados nos originais dos textos tendo em vista a presente publicação foram predominantemente redacionais, razão pela qual decidimos não proceder registros específicos relativos a cada uma das intervenções praticadas. Foram realizadas intervenções que possibilitassem melhor exposição dos conteúdos e que auxiliassem o leitor a compreender os entendimentos expostos de modo epistemologicamente mais adequado.

No início dos capítulos, em nota de pé de página, o leitor encontrará, quando for o caso, o registro relativo à publicação anterior de cada um dos textos componentes do presente livro. Desse modo, poderá identificar tanto o ano como o meio de comunicação em que o referido escrito se tornara público, permitindo ter ciência de que o conteúdo ora publicado teve sua formulação em passado recente. Para a presente publicação, ocorreram ajustes redacionais que se fizeram necessários, tendo em vista melhor exposição dos conteúdos e, consequentemente, melhores possibilidades de leitura.

Vale também observar que alguns autores referenciados ao longo dos capítulos deste livro, em especial Ken Wilber e David Boadella, são profissionais vinculados a outras áreas de conhecimento, porém seus escritos, epistemologicamente, nos auxiliaram — e nos auxiliam — a compreender o fenômeno da ludicidade, uma vez que suas formulações teóricas ofereceram — e oferecem — subsídios ao presente estudo.

Aproveitamos, ainda, o espaço desta Introdução para expressar gratidão a todos os estudantes e a todas as estudantes da Pós-Graduação em Educação, da Universidade Federal da Bahia, que, no período registrado nesta Introdução, vivenciaram e partilharam suas experiências no decurso das referidas aulas, contribuindo desse modo para as compreensões dos conteúdos tratados nos textos que compõem os capítulos do livro ora publicado.

Uma observação a respeito do tratamento masculino-feminino na presente publicação. Tentamos nos servir dos termos *masculino* e *feminino*, tais como "professor-professora", "ele-ela" e muitos outros. Verificando a cansativa repetição dos termos ao longo do texto, decidimos por seguir a forma clássica do uso do masculino, englobando masculino e feminino.

Como autor desta publicação, registramos — a todos — votos de de boas leituras e bons estudos dos conteúdos deste livro, assim como votos de estímulos para o aprofundamento das compreensões a respeito da fenomenologia da ludicidade.

Capítulo 1

Compreendendo o conceito de ludicidade*

Ludicidade é um conceito em construção no que se refere a seu significado epistemológico. Vagarosamente, ele está sendo construído, à medida que seguimos buscando sua compreensão adequada, tanto em *conotação*, sua compreensão, quanto em sua *extensão*, o conjunto de experiências que pode ser abrangido por ele.

Usualmente, no senso comum cotidiano, quando se fala em ludicidade, compreende-se, de maneira comum, que se está fazendo referência à sua abrangência, incluindo brincadeiras, entretenimentos, atividades de lazer, excursões, viagens de férias, viagens realizadas em grupo, entre outras possibilidades de entendimento.

---

* O presente texto reproduz parte do artigo "Ludicidade e formação do educador", publicado na Revista *Entreideias*, Faculdade de Educação, Universidade Federal da Bahia — FACED/UFBA, Salvador, BA, v. 3, n. 2, jul./dez., 2014, p. 13-23. Para a presente publicação, a parte do texto relativa à formação do educador foi supressa, assim como, aqui e acolá, ocorreram ajustes na redação.

Todas essas atividades, em nosso cotidiano, recebem a denominação de "lúdicas", contudo, poderão ser "não lúdicas" a depender dos sentimentos e dos estados de ânimo que se façam presentes na dinâmica psicológica de cada um dos seus participantes. Sentimentos e estados de ânimo que, por sua vez, estão comprometidos com a história de vida e com a presente circunstância existencial de cada um.

Quando ocorre, por exemplo, de uma criança, um jovem ou um adulto, em decorrência de alguma razão biográfica, não gostar de uma brincadeira ou de uma atividade qualquer, essa atividade ser-lhe-á incômoda e, pois, sem nenhuma ludicidade, ainda que seja lúdica para outras pessoas. A *alma* não estará presente na prática dessa atividade à medida que o sujeito da ação, seja uma criança, um adolescente ou um adulto, não sente prazer em vivenciá-la, por isso, em consequência, nenhuma razão para praticá-la.

De modo usual, uma atividade física, social e cultural pode receber a *conotação de lúdica*, contudo, para determinada pessoa, seja ela criança, jovem ou adulta, poderá se apresentar como incômoda e, por essa razão, sem alegria e, consequentemente, sem ludicidade. Razões biográficas constituem o pano de fundo, seja para nos sentirmos bem, seja para nos sentirmos incomodados, diante de determinadas circunstâncias em nossa vida.

Será, então, que alguém, entre todos nós, conhece alguma coisa mais incômoda do que ser obrigado a praticar uma atividade que é assumida socialmente como lúdica, mas que, para nós, ela não o é?

A metodologia teórico-prática, por nós utilizada nas aulas universitárias, cujo conteúdo era a ludicidade, tinha como objetivo permitir que os estudantes que, no presente ou no futuro, atuassem com outras pessoas, servindo-se de atividades lúdicas, pudessem compreender, através de suas experiências pessoais, o que ocorre internamente com quem as pratica.

O educador é um vetor de orientação e também acompanhante de quem aprende, razão pela qual não basta ter estudado exclusivamente de modo teórico-conceitual o que ocorre com o outro enquanto vivencia uma experiência.

Havia, pois, no contexto dessa disciplina universitária, a necessidade de que os estudantes vivenciassem as atividades ocorridas em sala de aula, a fim de que adquirissem compreensões e habilidades para, a partir da experiência pessoal, compreender o outro, quando atuando em sala de aula ou mesmo em outras circunstâncias.

Assumir uma atividade como "lúdica", à medida que há uma suposição de que quem dela participa vivencia uma experiência com essa qualidade, pode gerar um engano epistemológico frente ao fato de que uma atividade, como atividade, por si, não é lúdica nem não lúdica. *Do ponto de vista objetivo* e, pois, descritivo, uma atividade adjetivada de lúdica é simplesmente uma atividade que pode ser descrita de modo objetivo. A sensação de ludicidade, por sua vez, é *uma experiência interna* de quem a vivencia. Desse modo, uma atividade, em si mesma, não é lúdica nem não-lúdica. Pode ser, ou não, a depender do estado de ânimo gerado em quem está participando dela.

Uma atividade pode ser lúdica ou não lúdica para uma pessoa em decorrência do seu estado de ânimo enquanto está participando da experiência, assim como em decorrência de circunstâncias já vividas em atividades semelhantes no passado. No momento presente, momento em que estamos vivendo, as memórias dos acontecimentos passados podem vir à tona e, então, serão reativadas tanto no que se refere à memória propriamente dita como também no que se refere aos sentimentos.

Epistemologicamente, pois, uma brincadeira, por si, é simplesmente uma atividade. Ela pode ser descrita em seus detalhes, porém as qualidades lúdicas ou não lúdicas, relativas a essa atividade, dependerão tanto da vivência atual como de vivências passadas ocorridas na história de vida de quem dela participa.

De modo usual, qualificamos a realidade que nos cerca no presente com as determinações das experiências que tivemos no transcurso de nossas vidas. As experiências nos marcam. Existe um ditado popular que traduz bem essa compreensão ao expressar: "Gato escaldado tem medo de água fria"[1]. Uma experiência positiva ou negativa ocorrida no passado nos conduz a ajuizamentos, também positivos ou negativos, a respeito de sua prática no presente.

Nossos estados emocionais e as circunstâncias nas quais vivenciamos uma determinada experiência possibilitam sua qualificação como positiva ou negativa. Desse modo, múltiplas atividades socioculturais individuais ou coletivas qua-

---

1. Freud nos lembra que uma reação emocional desproporcional a uma circunstância do presente, não é do presente, mas do passado. E os neurologistas, após a possibilidade de estudar o sistema nervoso em seres humanos vivos através de imagens, descobriram que as reações intempestivas de medo têm sua fonte de atuação nas "amígdalas cerebrais", onde estão registradas as memórias do medo. Sobre isso, ver Joseph LeDoux, *O cérebro emocional: os misteriosos alicerces da vida emocional*. Rio de Janeiro: Editora Objetiva, 1998. Existem múltiplas reedições dessa obra.

lificadas como lúdicas, para algumas pessoas, em razão da sua biografia pessoal, não apresentarão essa característica.

Os leitores do presente capítulo poderão produzir uma longa lista de circunstâncias nas quais as atividades qualificadas — cultural e psicologicamente — como lúdicas, efetivamente, não apresentam no presente momento essa característica seja para si mesmo como também para uma, para algumas ou para muitas pessoas que as vivenciam.

Dessa forma, não existem atividades que, *em si*, sejam lúdicas ou não lúdicas, mas sim atividades que serão qualificadas como lúdicas ou não lúdicas a depender da pessoa que as vivencia em determinadas circunstâncias com suas memórias existenciais próprias.

Então, vale perguntar: "Livros didáticos que ensinam praticar 'atividades lúdicas' junto aos estudantes em sala de aula, livros que abordam historicamente as atividades qualificadas como lúdicas, assim como os livros que abordam sociologicamente essas atividades, não têm qualquer razão de ser?".

A resposta à essa pergunta é: "Claro que tem sua razão de ser!" — desde que se tenha a noção clara de que, nesse caso, estar-se-á processando uma *abordagem descritiva* das atividades denominadas lúdicas, isto é, relatando-as ou descrevendo-as de modo objetivo e externo ao sujeito que as pratica e as vivencia. Na exposição do que são e de como funcionam as atividades lúdicas, as abordagens são realizadas de modo abstrato, como bem cabe a uma descritiva operacional de alguma atividade. Ou seja, descritiva independente daquilo que uma ou outra pessoa sinta em uma circunstância na qual se vivencie a experiência.

Existem livros didáticos que ensinam como praticar atividades lúdicas junto aos estudantes. Existem também os livros que tratam da história das atividades lúdicas, abordando como os povos, as culturas e os grupos humanos praticaram atividades que foram consideradas lúdicas. E, por último, existem os livros que abordam as atividades lúdicas no seio das variáveis históricas e sociológicas, possibilitando compreendê-las dentro do seu contexto sociocultural. Porém, importa estarmos atentos ao fato de que essas abordagens não tomam como objeto de estudo *a experiência interna* dos sujeitos que praticam e vivenciam essas referidas atividades.

As abordagens referenciadas no parágrafo anterior, afinal, tomam como seu objeto de estudo uma *fenomenologia externa* ao sujeito e, desse modo, realizam sua descritiva, fator que, por si, não possibilita diretamente estudar e compreender aquilo que se passa *na intimidade* de quem vivencia a experiência lúdica. Podemos, sim, por outro lado, ter ciência daquilo que ocorre com quem vivencia uma experiência lúdica por meio dos relatos pessoais das suas sensações e dos sentimentos vividos no decurso de uma determinada experiência.

Como já registrado na Introdução deste livro, durante os anos que trabalhamos com atividades lúdicas na Pós-Graduação em Educação, através de variados estudos, fomos compreendendo que o estado lúdico é um estado interno do sujeito que pratica a atividade. A experiência lúdica — a ludicidade, afinal — é interna ao sujeito que a vivencia, por isso só pode ser percebida e expressa por ele, por ninguém mais.

Nesse contexto, a ludicidade, como estado psicológico lúdico, só pode ser vivenciada e, por isso mesmo, percebida e relatada pelo próprio sujeito da experiência. Observando de fora, podemos *descrever* a situação observada, contudo, não há como o observador ter ciência da experiência interna daquele que a vivencia. Essa experiência só pode ser descrita por quem a vivencia.

Em síntese, a *ludicidade*, propriamente dita, configura-se como um estado interno de quem *vivencia* a experiência das atividades lúdicas, uma vez que as atividades, por si, pertencem ao domínio externo ao sujeito e, portanto, à dimensão objetiva. Frente a essa compreensão, ludicidade e atividades lúdicas são fenômenos epistemologicamente diversos e, dessa forma, necessitam ser compreendidos.

A compreensão acima exposta ajuda-nos a não confundir ludicidade com atividades lúdicas, mas sim a distingui-las, sem separá-las. Ludicidade, compreendida como uma experiência interna do sujeito que, ao praticar a atividade, vivencia essa experiência, e atividades lúdicas compreendidas como fenômenos externos ao sujeito, por isso observáveis e possíveis de serem descritas.

Esse fato não nos permite desqualificar uma ou outra dessas abordagens. Simplesmente são fenômenos epistemologicamente distintos, ainda que mutuamente comprometidos. Compreendida dessa forma, a ludicidade pode se fazer presente em todas as fases da vida humana:

— dentro do útero materno: o bebê pode vivenciar os "estados oceânicos", sinalizados por Freud;

— em nossa infância: quantas experiências lúdicas não foram vivenciadas por cada um de nós? Nessa fase de vida, nossos olhos brilharam por pequenas coisas, tais como: por uma marionete, uma boneca, um carrinho, um ioiô, uma corda para pular, um velocípede, uma bola, um pirulito, um picolé, por um colo de pai, por um colo de mãe, pelas histórias que nossas avós, tias e tios contavam... e por aí se vai. Pequenas coisas que nos propiciaram prazeres e alegrias;

— em nossa adolescência: as amizades, as conversas, os passeios, as roupas da moda, a posse de um objeto desejado, a posse de um lugar entre os pares em razão de uma habilidade que desenvolvemos seja ela no esporte, na música, nos variados campos de conhecimentos, seja pela realização de uma viagem desejada...;

— na juventude: quantos sonhos e quantas alegrias nas pequenas conquistas rumo à vida adulta, em direção ao trabalho profissional, à manutenção da vida e à sobrevivência, ao amor, ao serviço à vida;

— na maturidade: tantos foram e são os possíveis momentos lúdicos, sejam eles no trabalho, nas relações amorosas, nas ciências, nos estudos, nas conversas, nas conferências, nos momentos de entretenimento e lazer...;

— com a idade mais avançada: o estado lúdico pode advir das diversas realizações no âmbito daquilo que se gosta de fazer: trabalho, pintura, música, poesia, escrever, conversar, pintar, recordar, estar com filhos, netos, netas, viajar...

Em síntese, ludicidade é um estado interno de cada pessoa, que pode advir, de modo socialmente responsável, das mais simples às mais complexas atividades e experiências humanas. Pode advir, pois, da prática de qualquer atividade que traga bem-estar e alegria a todos, *efetivamente a todos*, não para alguns em detrimento de outros ou de muitos outros. O estado lúdico não decorre necessariamente das mesmas experiências para todos. Uma experiência que pode gerar um estado lúdico para uma pessoa não necessariamente gerará estado psicológico semelhante para outra ou para outras pessoas, à medida que o estado lúdico não pode ser medido de fora; só pode ser vivenciado e expresso pela pessoa que a vivencia, a partir daquilo que lhe toca internamente, em determinada circunstância.

Algumas atividades poderão parecer "sem sabor" para algumas pessoas, mas lúdicas para outras. Como isso pode se dar? Exatamente devido a ludicidade dar-se como um estado psicológico interno de quem a vivencia.

A exemplo, vale relatar a circunstância que se segue. David Boadella, cidadão inglês, criador da Biossíntese, área psicoterapêutica corporal, estando no Brasil em uma de suas viagens no decurso dos anos 1990, em uma das reuniões com pessoas a seu redor, ouviu a seguinte afirmação de um músico, um saxofonista, que lhe prestara uma homenagem — "A música é minha psicoterapia"; ao que ele retrucou, quase em forma de trocadilho — "E a psicoterapia é minha música". Esse episódio ilustra que o estado lúdico é interno, próprio de quem o vivencia.

Tendo presente essa fenomenologia, podemos ficar cientes de que são quase que infinitas as possibilidades de estados lúdicos, à medida que é um estado de ânimo vinculado às experiências de cada um, que, ao mesmo tempo, deve respeitar *a todos* em seus direitos, em seus modos de ser.

O estado lúdico é, pois, um estado interno de cada ser humano, estado de bem-estar, de alegria, de plenitude, que pode e deve ocorrer em qualquer espaço social, momento ou estágio da vida de cada um e, dessa forma, pode e deve ser vivido e reconhecido.

Estado de ânimo que respeita a si mesmo, como, ao mesmo tempo, respeita todos os outros, ou seja, integra a todos, respeitando-os em seus modos de ser e de viver, sem condutas invasivas ou excludentes de ambos os lados. Importa, pois, estar sempre em busca do respeito e do bem-estar de todos.

Em síntese, ludicidade tem a ver com a experiência interna de cada um. Experiência que é sempre individual, mas que pode ser vivenciada por cada um em uma situação coletiva, na qual todos podem estar felizes, contudo, cada um a seu modo, com sua história e sua experiência pessoal de vida.

Se cada ser humano individual, participante de uma atividade coletiva, partilhar seu estado de ânimo — seja ele no decurso ou após essa atividade —, veremos que cada um, a seu modo, terá tido sensações e sentimentos que se assemelham às sensações e aos sentimentos dos outros, mas, ao mesmo tempo, apresentarão nuances que serão próprias e exclusivamente individuais. Afinal, integração e respeito mútuo. Em *essência* somos todos iguais — todos humanos — e, ao mesmo tempo, somos todos diversos em nossas *individualidades*.

Para vivenciarmos um estado de ludicidade, importa o respeito e a igualdade entre todos. Infelizmente, no espaço da sociedade do capital, essa possibilidade, em si, de modo sistêmico, não nos pertence. Contudo, necessitamos investir incansavelmente em sua busca. Mais à frente, neste livro, no capítulo 5, o leitor encontrará o relato de uma situação, exposta por Lenore Terr, uma psiquiatra norte-americana, em seu livro, com tradução para o espanhol, *El Juego: porque los adultos necesitan jugar*, situação na qual um personagem, ainda que de modo pessoal, investiu nessa possibilidade. Se ele investiu, por que não outros? Por que não nós também?

Capítulo 2

Ludicidade no espectro das áreas de conhecimento*

Como sinalizamos no capítulo anterior, interessa-nos compreender a ludicidade como uma experiência interna — e, pois, subjetiva — do sujeito do conhecimento, assumindo que ela se dá dessa forma para quem a vivencia, seja através de uma atividade individual, seja através de uma atividade coletiva. Nada impede, todavia, que possa ser vista também como uma fenomenologia objetiva, tanto sob a ótica individual como sob a ótica coletiva, como veremos mais à frente.

---

* Ao caminhar pela leitura do presente texto, importa ao leitor ter ciência de que ele é parte de um artigo intitulado "Ludicidade e atividades lúdicas: uma abordagem a partir da experiência interna", publicado em *Educação e Ludicidade (Ensaios 02) — Ludicidade: o que é isso?*, publicação organizada pela Profa. Bernadete Porto, GEPEL/FACED/UFBA, 2002, p. 22-60, sendo que o texto que se segue se encontra entre as páginas 23 e 32 dessa publicação, com atualizações redacionais.

Para dar corpo à essa compreensão, iremos nos servir dos estudos epistemológicos de Ken Wilber[1], que estruturou as áreas de conhecimento na vida humana segundo quatro dimensões, como explicitaremos a seguir. Contexto no qual compreendemos que a ludicidade, *como experiência vivencial*, está sediada na área da experiência subjetiva, própria de cada um de nós.

Para o presente estudo, interessa-nos especificamente a classificação das áreas do conhecimento, produzida por esse autor, através das quais podemos identificar o lugar epistemológico da ludicidade que se situa na dimensão interna do ser humano. Usando uma categorização de David Boadella, autor citado no capítulo anterior deste livro, a ludicidade está comprometida com o *ground interno*[2] do ser humano, isto é, com sua sustentação interna.

Neste capítulo, iniciaremos por compreender os campos do conhecimento humano denominados por Ken Wilber de "Dimensões do ser humano" e, a seguir, situaremos a ludicidade na dimensão da sua experiência subjetiva. Esse olhar nos auxiliará a compreender o lugar tanto epistemológico como existencial da ludicidade em nossas vidas.

Somando-se a esse entendimento, haverá também, como veremos, a possibilidade de estudar e compreender a fenomenologia da ludicidade como objeto de estudos

---

1. Ken Wilber, cujo nome civil é Kenneth Earl Wilber Jr., nascido em 31 de Janeiro de 1949, em Oklahoma City, EUA, é um biólogo que se dedicou largamente à área de estudos do autodesenvolvimento, transitando da Biologia para a Filosofia e para a Espiritualidade. Em suas obras, ele tornou públicas suas compreensões a respeito do ser humano.

2. *Ground interno* refere-se à capacidade de sustentar a própria experiência a partir de uma qualidade interior, subjetiva.

Ludicidade e atividades lúdicas na prática educativa 29

descritivos, definindo o que ela é e de como opera na vida humana em geral.

De início, exporemos sucintamente as compreensões de Ken Wilber em torno das possibilidades de compreensão epistemológica do conhecimento, tendo como referência suas definições a respeito das "dimensões" do ser humano que, para ele, são em número de quatro, duas subjetivas (individual e coletiva) e duas objetivas (também individual e coletiva). Em seguida, nesse contexto epistemológico, trataremos da *ludicidade* como uma experiência que se situa na sua dimensão subjetiva individual.

1. A dimensão subjetiva do conhecimento humano e ludicidade

Ken Wilber, em seus livros *Uma Breve História do Universo: de Buda a Freud, religião e psicologia unidas pela primeira vez*[3], *O olho do espírito*[4], *União da alma e dos sentidos*[5], ofereceu-nos o entendimento de que o ser humano, sob a ótica integral, compreende o mundo através de quatro dimensões epistemológicas, em conformidade com o gráfico a seguir: duas *dimensões internas*, subjetivas, representadas na coluna esquerda do gráfico, uma individual e outra coletiva; e duas *dimensões externas*, objetivas, representadas na coluna direita do gráfico, também individual e coletiva.

---

3. WILBER, Ken. *Uma breve História do Universo*: de Buda a Freud, religião e psicologia unidas pela primeira vez. Rio de Janeiro: Ed. Nova Era, 2000.

4. WILBER, Ken. *O olho do espírito*. São Paulo: Ed. Cultrix, 2001.

5. WILBER, Ken. *União da alma e do espírito*. São Paulo: Ed. Cultrix, 2001.

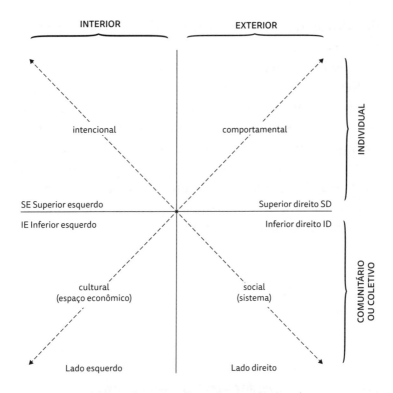

Diagrama das quatro dimensões constitutivas do conhecimento humano, segundo Ken Wilber[6]

O diagrama acima, proposto pelo autor, possibilita-nos de modo simples e visual perceber em qual dessas dimensões se situa cada um dos campos do conhecimento humano. A ludicidade, como experiência interna do sujeito, está incluída epistemologicamente no Quadrante Superior Esquerdo (SE) do diagrama.

---

6. WILBER, Ken. *Uma breve história do Universo*, op. cit., p. 93.

Importa, no entanto, estarmos cientes de que as dimensões abordadas pelo autor são distintas entre si, porém não separadas, desde que atuam de maneira integrada. Segundo o diagrama proposto, cada experiência humana se expressa de maneira específica, porém sempre articulada com o *todo*, representado no gráfico pelo conjunto das quatro dimensões, ao mesmo tempo distintas e comprometidas entre si. A ludicidade não foge a essa estrutura de entendimento.

Para compreender o gráfico proposto por Wilber, ilustrado anteriormente, há que se proceder sua leitura tanto na direção vertical como na direção horizontal.

No que se refere à *direção vertical*:

— A coluna da esquerda do gráfico indica as abordagens subjetivas do ser humano: a individual e a coletiva:

- Quadrante Superior Esquerdo (SE), abordagem individual, subjetiva intencional.

- Quadrante Inferior Esquerdo (IE), abordagem coletiva, interior, grupal, cultural.

— A coluna da direita do gráfico indica as abordagens objetivas:

- Quadrante Superior Direito (SD): abordagem interior, individual, cognitiva e comportamental.

- Quadrante Inferior Direito (ID): abordagem exterior, cognitiva, coletiva, social e sistêmica.

No que se refere à *direção horizontal*:

— Na faixa superior do gráfico, estão indicadas as abordagens individuais:

- Quadrante Superior Esquerdo (SE): abordagem interior e, pois, subjetiva do sujeito do conhecimento.

- Quadrante Superior Direito (SD): abordagem exterior e, pois, objetiva do sujeito do conhecimento, comportamental.

— Na faixa inferior, estão indicadas as abordagens coletivas:

- Quadrante Inferior Esquerdo (IE): abordagem interior coletiva e cultural.

- Quadrante Inferior Direito (ID): abordagem exterior, objetiva, social e de sistema.

Tomando por base essa estrutura, podemos compreender que o ser humano em suas experiências se dá simultaneamente nas quatro dimensões epistemológicas acima registradas, as quais possibilitam quatro modos diferentes de abordar a realidade e conhecê-la. Contudo, importa observar que, devido ao nosso modo operativo de conhecer, não conseguimos abordar um objeto de conhecimento sob todas as dimensões ao mesmo tempo, à medida que, para processar o conhecimento de cada fenômeno que se nos apresenta, necessitamos nos servir do princípio lógico de identidade, formulado por Aristóteles, fator que nos conduz a conhecer cada objeto sob um foco específico de abordagem, o que implica, por sua vez, que não podemos agir cognitivamente, de modo simultâneo, em diversas dimensões. Sempre uma por vez.

Segundo Wilber:

I — a dimensão *individual interna*, representada no gráfico pelo Campo Superior Esquerdo (SE), é aquela na qual o ser humano vivencia e compreende uma experiência dentro de si mesmo, dimensão do *eu*.

Dimensão que garante o crescimento interno, através das múltiplas fases de desenvolvimento do indivíduo, que, na compreensão do autor, seguem do pré-pessoal, passando pelo pessoal, em direção ao transpessoal[7]. O transpessoal é o campo do pensar filosófico, da espiritualidade, da introspecção psicológica, da criação artística individual, da percepção estética, entre outras possibilidades.

II — por sua vez, dimensão *coletiva interna*, representada no gráfico pelo Campo Inferior Esquerdo (IE), é aquela na qual o ser humano vivencia e estuda sua experiência de comunidade, dos valores e sentimentos coletivos, do viver e conviver, da experiência da cultura e dos valores comuns, que dirigem a vida de modo coletivo.

É a dimensão do nós comunitário, onde se faz presente a formação e a vivência da ética e da moral. É o campo da sensação, dos sentimentos e da vivência comprometidos com o outro no convívio social.

III — a dimensão *individual externa*, representada no gráfico pelo Campo Superior Direito (SD), expressa e permite

---

7. Importa sinalizar que Ken Wilber compreende que o ser humano, em sua trajetória de crescimento e desenvolvimento, passa pelas fases "pré-pessoal", de 0 (zero) aos sete anos de idade; "pessoal", dos 7 anos de idade à vida adulta e profissional; e "transpessoal", fase construída por escolha e investimento pessoal de cada ser humano em um caminho de autocuidado, de autoconhecimento e de autodesenvolvimento.

estudar objetivamente aquilo que se passa na experiência individual de cada um de nós, através das manifestações do nosso corpo, dos nossos sistemas fisiológicos (nervoso, circulatório, respiratório) assim como do nosso modo comportamental individual de agir.

São fenômenos que podem ser estudados objetivamente via os meios de mensuração. É o campo do comportamento individual objetivo, da fisiologia, da anatomia, da neurofisiologia, das ciências comportamentais.

IV — e, por último, a dimensão *coletiva externa*, representada no gráfico pelo Campo Inferior Direito (ID), que se dá no contexto das relações sistêmicas que constituem nossa vida no contexto das relações coletivas.

As múltiplas relações que atuam entre si, constituindo sistemas de elementos e de variáveis que determinam dialeticamente nosso modo de ser e de viver sob a dimensão social, coletiva. Campo que pode ser estudado objetivamente pelas Ciências Sociais, pela Ciências da Natureza, como também pelas ciências que atuam no âmbito dos objetos abstratos, tais como da Matemática, da Geometria.

Do ponto de vista de Wilber, uma experiência humana, seja ela qual for, se dará constitutivamente ao mesmo tempo nas quatro dimensões, contudo, devido à nossa estrutura neurológica cognitiva, conseguimos operar com uma de cada vez. Nesse contexto, importa a consciência de que estar operando cognitivamente com uma das quatro dimensões, anteriormente definidas, não significa que as outras deixam de existir e de manter interações. Desse modo, em síntese, tendo presente a estrutura de compreensão, acima exposta, cada experiência do ser humano poderá ser abordada:

- pela ótica do Quadrante Superior Esquerdo (SE), ótica interna do sujeito que realiza e vivencia a atividade;

- pela ótica do Quadrante Inferior Esquerdo (IE), ótica da convivência com os outros e da cultura, fator que permitirá vivenciar e desvendar os sentimentos comunitários e os valores socialmente assumidos;

- pela ótica do Quadrante Superior Direito (SD), ótica do comportamento externo individual, objetivamente observável, fenomenologia abordada pelas ciências do comportamento;

- e, por último, pela ótica do Quadrante Inferior Direito (ID), ótica da observação e da contagem de frequências, campo das ciências dos fenômenos coletivos, fenômenos que podem ser abordados quantitativa e estatisticamente, como também campo das ciências que operam com fenômenos abstratos, como as ciências que tratam dos objetos lógico-matemáticos.

Com essa base epistemológica, a seguir, abordaremos a ludicidade como uma experiência subjetiva e, pois, interna, própria do Quadrante Superior Esquerdo (SE), fator que, segundo essa compreensão epistemológica, assumida por nós como válida, não impede que essa fenomenologia seja estudada também através de abordagens das óticas próprias dos outros três quadrantes: como experiência coletiva (Quadrante Inferior Esquerdo — IE); como experiência individual observável (Quadrante Superior Direito — SD);

e como objeto de estudo científico (Quadrante Inferior Direito — ID).

Em síntese, na estrutura das áreas de conhecimento estabelecidas por Wilber, a ludicidade tem seu lugar epistemológico no campo individual subjetivo da vida humana, ou seja, no Quadrante Superior Esquerdo (SE), como veremos a seguir.

2. A ludicidade como uma experiência interna de quem a vivencia

Tendo presente as compreensões epistemológicas anteriormente expostas, da autoria de Ken Wilber, quando definimos ludicidade como uma experiência interna do sujeito que a vivencia, estamos procedendo uma abordagem sob a ótica do Quadrante Superior Esquerdo (SE), a partir, pois, da percepção de quem vivencia a experiência. O estado lúdico, então, é um estado interno do sujeito que vivencia essa experiência[8] e que, se o desejar, poderá relatá-la.

Porém, do ponto de vista objetivo, pelo Quadrante Superior Direito (SD), no mapa dos estados de consciência estabelecido por Wilber, poderemos reconhecer objetivamente a existência das atividades lúdicas através de sua descritiva externa. Os autores dos livros, assim como de outros

---

8. Para ilustrar essa compreensão, um relato. Há muitos anos, no início da década de 1970, ouvi de um padre jesuíta de nome Oscar Müller, de passagem pela cidade de Salvador (BA), o seguinte testemunho: "Rezar o terço diariamente me faz bem e me dá prazer. Mas, se você, ao rezar o terço, se sentir desconfortável, não reze; lhe fará mal". Para ele, a experiência de rezar o terço era lúdica, plena; para outros, poderia não ser.

Ludicidade e atividades lúdicas na prática educativa 37

escritos sobre atividades lúdicas, descrevem essas atividades em termos de conceitos, assim como registram os modos de praticá-las; contudo, sem, evidentemente, a possibilidade de descrever aquilo que cada ser humano individual sente no decurso de uma experiência lúdica.

Nesse contexto, quando estamos definindo ludicidade como um estado interno de consciência, em que se dá uma experiência de plenitude, importa estarmos cientes de que não estamos tratando de atividades que podem, ou que poderão, ser descritas objetivamente de modo operacional, sociológico e cultural, tais como jogos com suas dinâmicas e regras ou atividades semelhantes. No caso, estamos, sim, tratando do estado interno do sujeito que vivencia a experiência lúdica, podendo, em conformidade com seu desejo pessoal, relatar, ou não, suas sensações e sentimentos.

Caso um sujeito esteja vivenciando uma experiência de forma grupal, e, pois, juntamente com outras pessoas, a ludicidade continua sendo uma experiência interna de cada participante da atividade. A atividade é comum, mas as sensações e os sentimentos são individuais, internos a cada um, e, desse modo, sensações e sentimentos diferenciados. Só a partilha pessoal da experiência revelará a outras pessoas as sensações de prazer e de alegria vivenciados na situação, como também, sendo o caso, revelará o desconforto interno, à medida que essa tenha sido a sensação.

Importa observar que um grupo, enquanto grupo, por si, não sente, mas sim soma e engloba os sentimentos comuns dos seus participantes. Quem, de fato, sente e vivencia a experiência lúdica é o sujeito individual.

Certamente que vivenciar uma experiência em grupo é diferente de vivenciá-la solitariamente. O grupo tem força e energia próprias. Por si, ele se movimenta, se sustenta, estimula, puxa a alegria, mas, mesmo nesse conjunto vital e vitalizado de experiências, somente cada indivíduo dentro do grupo poderá viver a sensação interna de alegria, de bem-estar, fator que lhe possibilitará, se o desejar, partilhar com os integrantes do grupo aquilo que ocorreu consigo.

Isso é facilmente observável quando ocorrem partilhas a respeito de uma experiência vivenciada grupalmente. A situação vivida pelo grupo é única, mas as experiências internas de cada participante da atividade são variadas. As sensações e percepções relatadas serão tão variadas quantos são os indivíduos que dela participam.

Nesse contexto, uma atividade objetivamente descrita como lúdica, seja pela sua estrutura, seja pelo seu comprometimento com uma determinada herança sociocultural, como o folclore, entre outras possibilidades, não necessariamente será lúdica para todas as pessoas que a vivenciam.

De modo linguístico ou sociocultural — e, pois, objetivo —, poderemos descrever uma atividade como "lúdica" em conformidade com Quadrante Superior Direito (SD), na classificação de Wilber. Quadrante que opera com condutas observáveis, que, por sua constituição, não necessariamente propiciarão a todos que a vivenciam um estado de plenitude. A experiência lúdica é interna — subjetiva — de quem a vivencia, razão pela qual, como experiência pessoal, está categorizada no Quadrante Superior Esquerdo (SE).

Vamos tomar, a título de exemplo, a brincadeira de "pular corda", ainda que possa ser qualquer outra. A atividade de "pular corda" pode propiciar a uma criança, assim como para pessoas em variadas idades, o estado interno de alegria e de prazer, como também pode trazer incômodos e memórias negativas. Poderá trazer prazer e alegria para alguns; todavia, para outros, poderá trazer desprazer, seja por nunca ter pulado corda e não estar com interesse em tentar aprender, seja pela experiência prévia negativa com essa brincadeira em sua história pessoal de vida, seja por qualquer outra razão que não lhe permita vivenciar essa experiência no momento presente, com alegria, prazer, integridade, e, pois, de maneira lúdica.

Desse modo, em síntese, segundo as possibilidades de conhecer estabelecidas por Ken Wilber, a compreensão dos fenômenos relativos à dimensão interna individual ocorrerá no espaço do Quadrante Superior Esquerdo (SE), dimensão subjetiva.

Por outro lado, o estudo das atividades humanas, sejam elas quais forem, em sua dimensão objetiva e, pois, externa ao sujeito do conhecimento, no que se refere ao modo individual de ser, ocorrerá no espaço do Quadrante Superior Direito (SD), e seu estudo científico, assentado nas experiências coletivas, ocorrerá no espaço do Quadrante Inferior Direito (ID).

Uma mesma situação que traz um estado de bem-estar e plenitude para uma ou para várias pessoas dentro de um grupo poderá, para outra ou para outras pessoas, sinalizar uma dor guardada internamente, até mesmo de modo inconsciente. Então, certamente que determinada experiência, ainda que seja objetivamente adjetivada de lúdica, para essa pessoa ou para essas pessoas, ela não o será.

Nesse caso, a dor interna que a atividade, objetivamente definida como lúdica, elicia não permitirá defini-la como lúdica *para* e *por* essa pessoa ou *para* e *por* essas pessoas. Fato que nos conduz a entender que, do ponto de vista objetivo, uma experiência em si mesma não pode ser caracterizada como lúdica ou não lúdica. Ela, nessa situação, se expressa simplesmente como uma experiência que pode ser relatada. O estado lúdico que determinada situação pode eliciar é um estado interno de quem a vivencia e que, por isso, poderá relatá-la.

As atividades objetivamente descritas como lúdicas e que, por alguma razão interna da pessoa façam emergir dores psicoemocionais, limites ou dificuldades, elas possibilitam ao sujeito, caso ele seja efetivamente capaz de "olhar para elas", uma oportunidade de tomar consciência da referida dor, dificuldade ou limite interno, fator que pode expressar um ponto de partida para sua cura. Nessa circunstância, as atividades por si não serão lúdicas nem não lúdicas, elas simplesmente estarão sinalizando a necessidade de cuidados e de cura.

Por cura, aqui, estamos compreendendo a oportunidade de fazer contato com um aspecto doloroso da vida pessoal, que, ao mesmo tempo, se vier a ser cuidado, poderá apontar para a possibilidade de um aspecto saudável dentro de si mesmo, a possibilidade da alegria, do prazer, da convivência integrativa juntamente com outras pessoas. Usualmente, nessa situação, se fazem presentes dores vividas no passado, nunca compreendidas ou não elaboradas emocional e cognitivamente, que, de alguma forma, estão solicitando cuidados.

Em síntese, a afirmação de que uma atividade é lúdica e, por isso, traz uma oportunidade de experiência plena, implica estarmos atentos à base epistemológica a partir da qual estamos afirmando isso, o que quer dizer a dimensão do eu, interna, individual, segundo o Quadrante assinalado por Wilber, no caso, o Quadrante Superior Esquerdo (SE) do gráfico proposto; e, como experiência subjetiva coletiva, situa-se no Quadrante Inferior Esquerdo (IE).

Por outro lado, sob a ótica da abordagem científica, essa referida experiência deverá ser estudada e compreendida no âmbito dos Quadrantes que tratam da realidade de modo objetivo: Quadrante Superior Direito (SD), individual, e Quadrante Inferior Direito (ID), coletivo.

Esse estudo da fenomenologia da ludicidade no contexto da classificação das áreas de conhecimentos estabelecidas por Ken Wilber nos possibilita perceber e ter clareza do seu lugar epistemológico, isto é, perceber e ter clareza de que a *ludicidade*, propriamente dita, se situa na dimensão interna do ser humano, tanto individual — Quadrante Superior Esquerdo (SE), como coletiva — Quadrante Inferior Esquerdo (IE).

Capítulo 3

Atividades lúdicas e sua função no desenvolvimento do ser humano*

No capítulo anterior, dedicamo-nos a compreender epistemologicamente as possibilidades de compreensão das atividades lúdicas; de um lado, como vivência interna do ser humano, tanto individual como coletivo, e, de outro, como objeto de estudo, também individual como coletivo. No presente capítulo, o leitor encontrará duas abordagens que nos auxiliam a entender o significado dessas referi-

---

* Ao caminhar pela leitura do presente texto, importa ao leitor ter ciência de que ele é parte de um artigo intitulado "Ludicidade e atividades lúdicas: uma abordagem a partir da experiência interna", publicado em *Educação e Ludicidade* (*Ensaios 02*) — *Ludicidade: o que é isso?*, publicação organizada pela Profa. Bernadete Porto, GEPEL/FACED/UFBA, 2002, p. 22-60, sendo que a exposição que se segue está entre as páginas 33 e 45 dessa publicação, com alterações redacionais que se fizeram necessárias, quase vinte anos após sua exposição pública.

das atividades na vida do ser humano: a psicanalítica e a piagetiana.

Poderiam ser outras abordagens, tais como as de Henri Wallon, Lev Vigotski, Donald Winnicott, Melanie Klein, Arminda Aberastury[1], porém, escolhemos estas duas que, por si, segundo nosso ver, são suficientes para uma introdução à compreensão do fenômeno da ludicidade nos processos de desenvolvimento do ser humano.

O leitor, se o desejar, poderá entrar em contato com os autores acima citados ou com outros mais. Sempre será benéfica a aproximação a variados olhares teóricos sobre uma determinada fenomenologia.

A compreensão sobre aquilo que denominamos de atividades lúdicas e objetos lúdicos, que são os brincares, os brinquedos e as posturas na vida, têm origem em variadas áreas do conhecimento.

A respeito do brincar e dos brinquedos, existe uma larga literatura composta por abordagens filosóficas, históricas, sociológicas, psicológicas e literárias, afinal composta por múltiplos estudos que nos oferecem suporte para compreender o papel e o uso das atividades lúdicas na vida humana.

Nos capítulos 7 e 8 do presente livro, o leitor encontrará o registro e a indicação de uma larga literatura sobre essa temática. No presente capítulo, estaremos em busca da compreensão do que é e de como se dá e como operam os brinquedos e os brincares na vida humana.

---

1. Grande parte dos livros desses autores já estão traduzidos para a Língua Portuguesa. Desejando estudá-los, bastará ao leitor buscar referência nos catálogos de livros facilmente disponíveis na internet, assim como no Capítulo 9 desta publicação intitulado "Bibliografia Geral".

Para tanto, tomaremos como referência as abordagens teóricas de Sigmund Freud e de Jean Piaget, que nos auxiliarão a compreender o papel das atividades lúdicas na vida humana em geral, assim como no desenvolvimento pessoal de cada um de nós seres humanos.

Logo acima, relembramos outros pesquisadores que se dedicaram a essa temática e a maior parte de suas referências bibliográficas está disponível a todos nós no mercado livreiro, inclusive com traduções, à medida que foram produzidas em línguas diversas do Português.

O brinquedo necessita ser entendido em um largo espectro de compreensões, incluindo desde os brinquedos como objetos materiais, assim como os brincares, tanto aqueles que são transmitidos pela herança sociocultural como aqueles que as crianças inventam e reinventam, como também aqueles que elas vivenciam espontaneamente a cada momento. Vale incluir também as atividades lúdicas das quais participam adolescentes, adultos e idosos. A experiência humana do brincar, como outras experiências, tem seu lado subjetivo, psicológico, como vimos no capítulo anterior, que se expressa de modo objetivo e observável através de múltiplas condutas cotidianas de todos nós.

1. Heranças freudianas

A meta de Freud, em seus estudos e publicações, como sabemos, foi, além de múltiplas outras questões, desvendar e compreender as operações do inconsciente através de suas manifestações externas. Nesse contexto, compreendeu que o brinquedo é o caminho real para o inconsciente da criança[2] e que o sonho é o caminho real para o inconsciente do adulto. Seus discípulos tanto próximos como distantes, tais como Anna Freud[3], Melanie Klein[4], Bruno Bettelheim[5], Donald W. Winnicott[6], Arminda Aberastury[7], André Lapierre[8], produziram variadas compreensões psicanalíticas a respeito de como se estruturam múltiplas possibilidades de uso dos brincares e dos brinquedos nos procedimentos psicoterapêuticos com crianças, adolescentes e também com adultos.

A Psicanálise, em suas proposições psicoterapêuticas, apostou — e aposta — na restauração psicológica saudável de cada ser humano em relação ao próprio passado pessoal e à construção do presente na perspectiva do futuro. Freud,

---

2. Importa observar que Freud não se dedicou ao trabalho psicanalítico com crianças, ainda que tenha estudado o mundo infantil para compreender o mundo do adulto. Deixou, no entanto, um estudo intitulado "Análise da fobia de um menino de cinco anos", publicado na *Edição Brasileira das Obras Completas de Sigmund Freud*, Rio de Janeiro: Editora Imago, v. X, p. 11-158.

3. Anna Freud, filha de Sigmund Freud, foi psicanalista, nasceu em Viena, Áustria, a 3 de dezembro de 1895 e faleceu em Londres, em 9 de outubro de 1982. Existem traduções disponíveis das obras de Ana Freud pela Imago Editora, Rio de Janeiro.

4. Melanie Klein foi psicanalista, nasceu em 30 de março de 1882, Viena, Áustria, e faleceu em 22 de setembro de 1960, Londres, Inglaterra. Existem traduções disponíveis das obras de Melanie Klein pela Imago Editora, Rio de Janeiro.

5. BETTELHEIM, Bruno. *Uma vida para seu filho*. Rio de Janeiro: Editora Campus, 1988.

6. WINNICOTT, D. W. *O brincar e a realidade*. Rio de Janeiro: Imago Editora, 1975.

7. ABERASTURY, Arminda. *Psicanálise da criança*. Porto Alegre: Editora Artes Médicas, 1982.

8. LAPIERRE, André. *Fantasmas corporais e prática psicomotora*. São Paulo: Editora Manole, 1984; *A simbologia do movimento*. Porto Alegre: Editora Artes Médicas, 1986; *Psicanálise e análise corporal da relação*. São Paulo: Editora Lovise, 1997.

em seus estudos, afirmou que temos em nós duas forças fundamentais: as *forças regressivas*, que nos atêm fixados no passado, e as *forças progressivas*, que nos mantêm voltados para o futuro.

As forças regressivas são aquelas que têm como seu epicentro nossas fixações traumáticas decorrentes do passado, que nos impedem ou, no mínimo, dificultam nosso viver fluído no presente, como também dificultam nossas aberturas para o futuro. Elas se manifestam através de nossas respostas emocionais automáticas no dia a dia, dificultando-nos estar bem conosco mesmos, de modo intrapessoal, assim como em nossos relacionamentos e, pois, de modo interpessoal.

As forças progressivas, por seu turno, são aquelas que nos chamam para o futuro, para nossas possibilidades de auto-organização pessoal no que se refere ao ser e ao viver. Sobre isso, Bruno Bettelheim, um psicanalista que atuou de modo especial com crianças, em seu livro *Uma vida para seu filho: pais bons o bastante*, abordando o brincar infantil, expressou:

> A maior importância da brincadeira está no imediato prazer da criança, que se estende num prazer de viver. Mas a brincadeira tem duas faces adicionais, uma dirigida para o passado e outra para o futuro, como o deus romano Jano. A brincadeira permite que a criança resolva de forma simbólica problemas não resolvidos do passado e enfrente direta ou simbolicamente questões do presente.
>
> É também a ferramenta mais importante que possui para se preparar para o futuro e suas tarefas[9].

---

9. BETTELHEIM, Bruno. *Uma vida para seu filho:* pais bons o bastante. Rio de Janeiro: Editora Campus, 1988, p. 145.

No caso do presente capítulo, interessa-nos a questão dos brincares[10] como caminhos para o inconsciente da criança, tanto sob a ótica do passado, como sob a ótica do presente e também do futuro.

Nesse contexto, a prática do brincar revela, de um lado, como as crianças atuam na construção de si mesmas, desde que nós nos construímos através da ação e, de outro lado, aquilo que sentem em seu cotidiano, seus medos, seus não-entendimentos daquilo que está ocorrendo consigo, assim como aquilo que está incomodando. Desse modo, as atividades do brincar representam tanto recursos ativos para a construção de cada um frente às demandas da vida, como as possibilidades de restauração do passado psicológico.

As práticas com as brincadeiras constroem modos de ser[11] e auxiliam as crianças a compreender aquilo que ocorre ao seu redor e em suas experiências de vida. A vivência prática das brincadeiras são os meios pelos quais elas tentam compreender como os adultos agem e o que fazem, e, para tanto, imitam seus atos e seus modos de ser, como também experimentam as possibilidades de sua própria vida, o que quer dizer que, através das brincadeiras, estão construindo e fortalecendo sua identidade, seu modo de ser.

Neste contexto, Bruno Bettelheim[12] nos sinaliza que, ao brincar repetidas vezes de "pai e mãe", colocando-se nesses

---

10. O brincar pode se dar com o uso de brinquedos materialmente constituídos ou somente através dos múltiplos, sucessivos e repetidos movimentos praticados pelas crianças.

11. Stanley Keleman, que não é da área psicanalítica, porém criador da Psicologia Formativa, nos lembra que é pela ação que o ser humano organiza sua experiência e constitui seu modo de ser. Pode-se ver essa compreensão, por exemplo, no seu livro *Anatomia emocional*. São Paulo: Summus Editorial, várias edições.

12. Bruno Bettelheim, em seu livro *Uma vida para seu filho*, é muito claro nisso. Para compreender as proposições do autor, vale a pena ver a Parte II desse

Ludicidade e atividades lúdicas na prática educativa 49

papéis, as crianças estão tentando compreender o que é isso de "ser pai" e de "ser mãe", o que pais e mães fazem, como agem e o que ocorre no percurso de suas ações. Ou ainda, tendo presente outras situações, o autor nos sinaliza que uma criança que passou por uma experiência de hospitalização, possivelmente, após sair do hospital, por um certo período de tempo, praticará brinquedos e brincadeiras que tenham como conteúdo *flashs* de sua experiência recente. Possivelmente, brincará de médico, de enfermeira, de hospital, de ambulância e de outras tantas possibilidades, que poderão estar auxiliando sua compreensão daquilo que, de modo recente, ocorreu em sua vida. Fenomenologia semelhante ocorrerá com seus desenhos, com suas falas, assim como com as estórias que inventa e inventará.

Por outra via, lembra o autor, que se for anunciado a uma criança que, em breve, será hospitalizada para uma intervenção qualquer, é bastante provável que, na tentativa de compreender o que lhe fora anunciado, inicie a usar brinquedos e brincadeiras relativos à saúde e àquilo que vai ocorrer em sua vida, afinal, como serão os procedimentos de hospitalização.

Essas manifestações do inconsciente através das brincadeiras poderão também estar — e certamente estarão — vinculadas a experiências mais antigas, em termos da história de vida pessoal.

As brincadeiras ajudam as crianças a compreender e ter o domínio sobre os acontecimentos que, de início, foram — ou são — incompreensíveis e impactantes. Essas mani-

---

referido livro, intitulada "Desenvolvendo a individualidade", na qual o autor faz um longo estudo sobre as brincadeiras e os jogos no processo de formação da individualidade da criança.

festações do inconsciente nas brincadeiras poderão estar e certamente estarão vinculadas também a experiências mais antigas em termos de história de vida.

David Grove, um pesquisador neozelandês, que viveu nos Estados Unidos, criou uma metodologia específica para cuidar de traumas através de metáforas. Ele afirmou que as metáforas, de modo usual, são expressões de experiências traumáticas passadas que estão fixadas em nosso inconsciente. O uso de expressões tais como "eu tenho um nó na garganta" ou "carrego o mundo nas costas", ou frases semelhantes, que não têm uma realidade física que as sustente, revela que a pessoa está, segundo esse pesquisador, expressando, através de uma linguagem metafórica, experiências traumáticas guardadas no inconsciente. Contudo, as metáforas, após possibilitar o contacto, a compreensão e a integração de experiências dolorosas do passado, podem também expressar sonhos e desejos criativos para o futuro.

Curando a criança ferida dentro de nós[13] foi a denominação que ele propôs e usou para a metodologia que elaborou através de perguntas ao cliente no decurso de uma sessão psicoterapêutica mediadas por uma linguagem limpa, ou seja, uma linguagem sem qualquer ajuizamento positivo, negativo, explicativo ou contestatório por parte do profissional de psicoterapia. Uma linguagem que, no ver do autor, possibilita ao cliente expressar, a seu modo, aquilo que vai no seu ser, cabendo ao profissional acolher, acolher e acolher...

---

13. GROVE, David. *Healing the wounded child winthin*, publicado por David Grove Seminars, 22 Kettle River Drive, Edwardsville, Ilinois, EUA, traduzido no Brasil, para uso interno do Grupo "Curando a criança ferida dentro de nós", sob a Coordenação da Psicoterapeuta Aídda Pustilnik.

O cliente, no caso, expondo sua experiência com linguagem limpa, e, pois, descritiva e sem julgamentos, por si, encontra o caminho tanto para o relato como para a compreensão daquilo que ocorreu em sua vida, assim como o caminho de cura para a experiência traumática, dolorosa que vem interferindo negativamente em sua vida presente; como também abre as portas para uma nova e criativa experiência de vida. Para tanto, importa que o psicoterapeuta acolha o cliente, o acompanhe e lhe ofereça suporte com perguntas também formuladas através de "linguagem limpa" tendo sempre presente o caminho sinalizado pelo cliente através de suas falas.

Nesse contexto de compreensão, as brincadeiras infantis se expressam como metáforas que revelam aquilo que vai pelo interior da criança, uma linguagem limpa, na expressão de David Grove, como também as possibilidades criativas de ser e viver.

As brincadeiras, afinal, são expressões metafóricas da realidade interior das crianças, sejam elas negativas ou positivas; expressões relativas ao passado, ao presente, como também ao futuro. Nós adultos necessitamos aprender a compreendê-las em sua linguagem metafórica.

Se prestarmos atenção às crianças, aos adolescentes, aos estudantes com os quais convivemos, observaremos que suas ações estão expressando, entre muitos outros elementos, memórias passadas sediadas em seu interior ou expressando movimentos para o futuro, aquilo que anseiam ser e realizar. Experiências semelhantes ocorrem também com todos nós adultos.

Para entender essa comunicação existencial, importa estarmos atentos àquilo que crianças, jovens e adultos querem expressar com suas ações cotidianas. David Boadella, criador da Biossíntese, como área dedicada à psicoterapia, diz que "como ponto de partida, é necessário reconhecer que é impossível um indivíduo não se comunicar"[14]. Sempre se comunica; importa, pois, compreender sua linguagem e mensagem.

Por vezes, será bastante fácil descobrir o significado dessa comunicação, por outras vezes, será exigido mais atenção e esforço investigativo de nossa parte. E, mais que isso, disponibilidade para aceitar a comunicação que está vindo através de uma brincadeira ou conduta semelhante, pois que nem sempre estamos dispostos e preparados para acolher o que está acontecendo no aqui e agora.

Por vezes, as brincadeiras de nossas crianças nos desagradam, mas o que será que elas estão nos revelando, nos dizendo ou querendo nos dizer? É a respeito disso que a Psicanálise nos ensina: "observe como as crianças estão brincando, desde que seus atos estão revelando o seu interior". Porém, vale ampliar essa recomendação da Psicanálise relativa à observação das crianças também para a observação das pessoas em qualquer faixa etária, à medida que todos nós temos a possibilidade de revelar conteúdos do nosso inconsciente através de variadas posturas e atos em nosso cotidiano. Atos que, por vezes, são adjetivados de brincadeiras ou atos que efetivamente são brincadeiras.

Em sua obra *Além do princípio do prazer*, Freud relatou a experiência de ter ido visitar uma filha em sua residência, desde que não mais se encontrava na casa paterna, e, nesse

---

14. BOADELLA, David. *Correntes da vida*. São Paulo: Summus Editorial, 1992. p. 13.

espaço, enquanto estava a sós com seu neto, observou que ele atirava um carretel de linha para baixo de um armário e, a seguir, puxava-o. Quando atirava o carretel, fechava o semblante e, quando o trazia de volta, abria em sorriso[15]. Após observar atentamente essa experiência reiterativa por parte da criança — uma brincadeira —, ele fez a seguinte leitura: a criança estava tentando compreender como a mãe desaparecia e, depois, reaparecia, expressando, de um lado, o sentimento de tristeza pelo seu afastamento e, de outro, a alegria pelo seu retorno. No caso, a manifestação externa expressa a experiência interna. E foi a partir desse ponto que Freud fez sua leitura interpretativa da experiência psicológica infantil nos atos de brincar.

Contudo, importa observar que o ato de brincar — a ação observável — expressa tanto as memórias fixadas no inconsciente como também, de modo simultâneo, é catártico e liberador. Ou seja, enquanto a criança brinca, ela tanto expressa, como também, libera os conteúdos retidos no inconsciente, como também expressa suas efetivas compreensões da realidade.

Com a liberação das memórias restritivas, restauram-se as possibilidades de uma vida saudável e, pois, simultaneamente livre dos bloqueios impeditivos. Por vezes, esses referidos bloqueios poderão estar tão fixados no inconsciente que impedem a criança até mesmo de brincar; fato que estará sinalizando a necessidade de uma atenção cuidadosa para ela.

---

15. FREUD, Sigmund. *Além do princípio do prazer*, 1920, texto que poderá ser lido na *Edição Standart Brasileira das Obras Psicológicas Completas de Sigmund Freud*, Rio de Janeiro: Imago Editora, v. XVIII, p. 13-85. O caso citado está relatado no Tópico II do capítulo.

Do ponto de vista construtivo, segundo a visão do psicanalista Bruno Bettelheim, as brincadeiras, por serem atividades, são instrumentos da criação da identidade pessoal, à medida que elas, nessa perspectiva, estabelecem uma ponte entre a realidade interior e a realidade exterior[16]. Afinal, o lado construtivo das brincadeiras. Pelas atividades em geral e pelas brincadeiras em específico, as crianças aproximam-se da realidade, criando sua identidade pessoal.

No mundo da criança, o princípio do prazer equilibra-se com o princípio da realidade através das brincadeiras. Nesse contexto, elas são o meio pelo qual as crianças processam o trânsito do mundo subjetivo simbiótico com a mãe para o mundo objetivo da lei do pai[17], criando o seu modo pessoal de ser e de estar no mundo, afinal criando sua identidade pessoal, ou, se preferirmos, sua individualidade. Assim sendo, o brincar se apresentará para as crianças tanto como um caminho real para o inconsciente doloroso, como também para a construção interna da sua identidade e da sua individualidade.

Será que as brincadeiras representam um caminho real, de modo exclusivo, para a inconsciente e para a identidade e individualidade da criança, ou também para o inconsciente dos seres humanos em geral, assim como para sua identidade e individualidade?

Vivenciar ativamente experiências é um caminho tanto para o inconsciente com seus conteúdos quanto para a cons-

---

16. A respeito dessa temática, vale ver o livro de Bruno Bettelheim, intitulado *Uma vida para seu filho*, obra já referenciada anteriormente no presente capítulo.

17. Ver WINNICOTT, D. W. *O brincar e a realidade*, obra já citada anteriormente, sobre a questão dos fenômenos e dos objetos transicionais.

Ludicidade e atividades lúdicas na prática educativa 55

trução de uma identidade e individualidade saudáveis, seja no que se refere às crianças quanto no que se refere a todas as pessoas em suas respectivas faixas etárias. Importa que efetivamente sejam, de fato, brincadeiras, em conformidade com as compreensões já expressas em capítulos anteriores deste livro.

Por vários anos, como já relatado em outros momentos deste livro, no papel de docente, atuamos pedagogicamente na Pós-Graduação em Educação com o foco nas atividades lúdicas e, então, foi possível observar como, também para pessoas adultas, essas atividades — brincadeiras — podem ser, ao mesmo tempo, um caminho real para o inconsciente reprimido como também para a criatividade e, consequentemente, para uma individualidade saudável. Ou seja, também para os indivíduos adultos essas atividades psico e emocionalmente dinâmicas são catárticas, o que quer dizer liberadoras das fixações psicológicas que ocorreram no passado, seja ele recente ou mais remoto, e, por sua vez, em consequência, construtoras das alegrias no presente e do presente para o futuro.

Essa abordagem, a partir das contribuições de Freud através da Psicanálise, se integra à visão de ludicidade como possibilidade de vivência de uma experiência plena.

Tomando por base os fundamentos teóricos expostos por Ken Wilber, apresentados no capítulo anterior, podemos compreender que aquilo que ocorre dentro da criança, nos atos de brincar, configura-se no quadrante Superior Esquerdo, e, pois, na dimensão do Eu, dimensão interna.

Os atos externos poderão ser observados e descritos comportamentalmente, mas a experiência interna é de quem a vivencia, e nós, então, só podemos nos aproximar dela, de forma apropriada, em primeiro lugar, pela experiência pessoal e, um pouco mais distante, pelas partilhas de nossas crianças e de nossos pares, assim como por uma analogia com nossa experiência pessoal passada.

No espaço das crianças, que usualmente não têm recursos internos para proceder partilhas verbais (relatos), perceber seu envolvimento, seu investimento, sua participação em uma atividade ou sua recusa, seu temor nessa participação, dependerá de nossa sensibilidade para observar, acolher e compreender suas manifestações.

Então, tendo vivido experiências semelhantes, podemos compassiva e empaticamente sentir o que se passa dentro das crianças e do outro em geral; seremos, então, ressonantes às suas experiências e, desse modo, aproximadamente, compreenderemos o que está ocorrendo em seu interior.

Certamente que será uma compreensão com base em um olhar externo sobre as expressões da criança, do jovem, do adulto, do idoso, da idosa, enquanto vivenciam suas experiências lúdicas; será sempre uma leitura externa, ainda que possa e deva ser realizada com acolhimento, cuidado e amorosidade. Se isso ocorrer, será útil no acompanhamento do processo de desenvolvimento e no processo de vida do outro, da outra.

Assim sendo, cada criança, adolescente ou pessoa adulta, enquanto vivencia uma experiência que tem a característica de ludicidade, a vivencia como experiência plena dentro de si, em seu interior. Externamente, podemos e poderemos descrevê-la, o que não necessariamente significará que nos apropriamos plenamente daquilo que se

Ludicidade e atividades lúdicas na prática educativa

deu ou que está se dando na experiência interna do outro ser humano. Podemos, através de relatos, nos aproximar de sua compreensão, porém, para senti-la, há necessidade da participação na experiência, vivenciando-a.

Freud, observando e descrevendo a ação de seu neto, episódio anteriormente relatado, pôde, com sensibilidade, compreender a sua experiência interna, que, de um lado, expressava a tristeza pela ausência da mãe, como, de outro, expressava a alegria interna por seu retorno.

Desse modo, de fora, empaticamente, Freud pôde observar e descrever o que ocorria com seu neto. Porém, as sensações e os sentimentos do neto foram e continuam sendo um mistério desde que não foram relatados e partilhados por ele que viveu a experiência. Freud, com sensibilidade e acolhimento, observou a experiência de seu neto e a descreveu. Desse modo, viveu a experiência de observar empaticamente seu neto nessa circunstância, de tal forma que pôde relatá-la, como o fez em sua obra anteriormente indicada.

A vivência e a percepção daquilo que se vivencia pertence ao próprio sujeito individual da experiência, situando-se, pois, no espaço do Quadrante Superior Esquerdo (SE), descrito por Wilber, que representa epistemologicamente o "eu interior" que, por sua vez, guarda a memória das experiências vividas. Podemos descrever os atos das crianças ao brincar, assim como podemos descrever seus possíveis sentimentos e suas possíveis sensações, como o fez Freud em relação à sua neta, porém, não temos como efetivamente descrever o que se passa por dentro delas, do ponto de vista das sensações e dos sentimentos. Essa possibilidade pertence a quem vivencia a experiência.

2. Heranças piagetianas

Em Jean Piaget[18], os jogos são compreendidos como recursos fundamentais dos quais o ser humano lança mão em seu processo de desenvolvimento, possibilitando a organização de sua cognição e de seu afeto. Afinal, a organização do seu mundo interior na relação com o mundo exterior.

A questão que Jean Piaget se colocou ao longo de sua vida de pesquisas, tendo como objeto de estudo a inteligência humana, foi: "Como se dá o conhecimento?", "Como se constrói, no ser humano, o processo do conhecer?".

E sua resposta permanente foi: "Através das atividades". O ser humano, como um ser ativo, aprende através de sua ação compreendida. Age no mundo exterior a si mesmo e o compreende por meio da dialética assimilação--acomodação.

Assimilar, na compreensão do autor, significa, cognitivamente, tornar um novo objeto ou uma nova ideia semelhante ao esquema mental já consolidado pelo sujeito do conhecimento. Assimilar significa construir internamente a imagem do mundo exterior, através de mediações cognitivas entre a imagem nova e as imagens e compreensões já estabelecidas.

Propriamente, a assimilação se dá como um processo de "assemelhação" do novo objeto de conhecimento às imagens mentais já existentes em nosso sistema nervoso, produzindo ativamente o ato de "acomodar", ou seja, o

---

18. Jean Piaget, nascido em 9 de agosto de 1896, em Neuchâtel, Suíça; falecido em 16 de setembro de 1980, em Genebra, Suíça; foi biólogo, psicólogo e epistemólogo.

processo pelo qual nosso sistema nervoso incorpora a nova compreensão da realidade, assim como altera positivamente os esquemas de compreensão e de ação já existentes, adquiridos anteriormente.

Com a nova aprendizagem, as estruturas cognitivas *acomodam-se*, incorporando a imagem do novo objeto de conhecimento, assim como a nova compreensão assimilada. No ver de Jean Piaget, é através da dialética assimilação-acomodação que o ser humano aprende e, consequentemente, se desenvolve, tanto do ponto de vista cognitivo como do ponto de vista afetivo.

Certamente que os processos de assimilação e acomodação não são lineares quanto as definições possam parecer. São processos complexos pelos quais crianças, adolescentes, pessoas adultas e idosos estabelecem seus modos de relações com o mundo que os cerca e, dessa maneira, constroem o seu modo de compreendê-lo, assim como seu modo de agir e reagir.

A *assimilação* é, pois, o meio pelo qual, comparativamente, nosso sistema nervoso assemelha os novos dados obtidos a respeito do mundo exterior àqueles que já detemos em nosso sistema cognitivo, integrando-os ao nosso mundo interior.

A *acomodação*, por sua vez, é o processo que nos permite incorporar aquilo que ainda não sabemos, aquilo que aprendemos, o componente novo da realidade com a qual estamos nos confrontando, aquilo que é diverso das imagens e compreensões que já temos. Fator que nos possibilita um salto à frente, ou seja, *acomodar-se*, no caso, significa tomar posse de uma nova compreensão cognitiva da realidade, concomitantemente somada a uma acomodação afetiva e emocional. Em síntese, uma aprendizagem nova.

A dialética entre esses dois processos — assimilação e acomodação — permite-nos a construção interna dos nossos conhecimentos e dos nossos afetos, e, pois, a construção de nós mesmos e de nosso modo de ser na vida e no mundo. Os processos de assimilação e acomodação operam dialeticamente, o que quer dizer que, quando assimilamos, *tornamos semelhantes* as novas imagens do mundo exterior às imagens e compreensões que já temos, tendo em vista *tomar posse* (acomodar) tanto das novas imagens como das novas compreensões da realidade. Procedimentos que, nas proposições de Piaget, significam tomar posse das novas compreensões da realidade.

Há, pois, um movimento dialético constante entre assimilar e acomodar. A assimilação-acomodação, no ver do autor, são os recursos dos quais nosso sistema nervoso se serve tendo em vista compreender a realidade naquilo que ela é e no seu modo de operar.

A exemplo, nesse contexto, podemos relembrar aquilo que ocorre ao adquirirmos, entre milhares de outras possibilidades, um novo aparelho de som para nossa residência. Uma parte de como fazê-lo funcionar, nós já o sabemos, outra parte não. Desse modo, assimilamos (assemelhamos) elementos desse novo objeto aos elementos que já detemos como conhecimento. Porém, não temos domínio a respeito de uma outra parte do seu funcionamento. Então, acomodamos, isto é, aprendemos. Através da acomodação, integramos a parte do mundo exterior que ainda não nos pertence do ponto de vista cognitivo e também afetivo. Esse processo possibilita a posse de novos conhecimentos, isto é, a compreensão e o domínio sobre o objeto novo ou sobre os objetos novos que temos à nossa frente.

Importa ter presente que esse processo se dá *funcionalmente* em nosso sistema nervoso, o que implica que não necessitamos estar realizando essa prática de modo metodologicamente consciente, à medida que ela se dá naturalmente em nosso sistema cognitivo.

Em seu livro *A formação do símbolo na criança*, Jean Piaget[19] partilhou suas compreensões a respeito dos jogos como recursos ativos, dos quais o ser humano se serve para construir-se a si mesmo, cognitiva e afetivamente, aprendendo a relacionar-se com aquilo que está fora e em torno de si, pessoas, objetos, meio ambiente.

Foi nesse contexto que o autor estabeleceu o entendimento de que as atividades praticadas pelo ser humano, em seu processo de desenvolvimento, podem ser compreendidas como jogos (ações), tendo em vista aprendizagens e, consequentemente, a posse de compreensões a respeito do mundo externo a si mesmo. Foram três os tipos de jogos (modos de agir) próprios de cada idade, sinalizados pelo autor: *jogos de exercício, jogos simbólicos* e *jogos de regras*.

Entre o nascimento e os dois anos de idade, período em que o autor situou a fase sensório-motora do nosso desenvolvimento, ocorrem os jogos de exercício, que são atividades funcionais e têm sua origem na capacidade reflexa com a qual o ser humano nasce. São propriamente todas as atividades que a criança realiza para tomar posse de si mesma na sua relação com o mundo, tais como mexer braços, pernas, emitir sons, pegar, agarrar, puxar, empurrar, rolar, arrastar-se, engatinhar, levar objetos à boca, imitar,

---

19. PIAGET, Jean. *A formação do símbolo na criança*. Rio de Janeiro: Livros Técnicos e Científicos Editora, 1990.

entre outras infindas possibilidades de ação e de posse compreensiva do mundo que a cerca.

Até aos dois anos de idade, predominam os jogos de exercício na atividade da criança, que, segundo Piaget, é o período de vida de cada um de nós no qual predomina a acomodação, em razão do fato de que a criança, de maneira constante, imita o que os outros fazem, em especial os adultos, uma vez que ela está voltada predominantemente para acomodar-se, isto é, estabelecer dentro de si a compreensão da forma como o mundo se encontra estabelecido e compreendido. Aquilo, pois, que se expressa no aprender nesse período de vida refere-se ao "o que é o mundo e como ele se dá".

No período subsequente de vida, aproximadamente, entre os dois e os seis anos de idade, no ver do autor, a criança dedica-se aos jogos simbólicos; fase denominada por ele de pré-operatória.

Nesse período, dão-se os jogos nos quais predomina a assimilação. São os jogos da fantasia, e, pois, jogos simbólicos. Período em que as crianças gostam de brincar de "faz de conta". O mundo exterior é, então, de modo dialético, "assumido como semelhante" às imagens já existentes no mundo interior. Não importa a realidade como ela é; o que importa é o que ela pode "parecer que é". Um lápis, que, na realidade, é um lápis, pode ocupar o lugar de muitos outros objetos na fantasia, repercutindo nas ações do brincar, tais como um cavalo, um ônibus, um carro, um avião, um barco, ou simplesmente um objeto para ser mastigado, entre múltiplas outras possibilidades. As imagens dos novos objetos são "assemelhadas" às já existentes na memória e, desse

Ludicidade e atividades lúdicas na prática educativa 63

modo, compreendidas, ao mesmo tempo que incorporadas pela "acomodação".

É nesse período que as crianças gostam dos contos de fada, das estórias imaginadas; mas, também, fabulam e constroem suas próprias estórias. Criam e recriam personagens e estórias. Esse é o período em que Piaget diz que predominam os jogos simbólicos.

Os jogos de regras, por sua vez, irão predominar a partir dos seis, sete anos de idade para a frente, período denominado, inicialmente, de operatório concreto (dos sete aos doze anos de idade) e, a seguir, de operatório formal (aproximadamente dos doze anos de idade em diante). Esse é o período da aproximação e da posse da realidade. Em torno dos cinco, seis, sete anos de idade, no ver do autor, a criança vai se aproximando mais da realidade, onde, ao lado das fantasias, se defronta com os próprios dados do mundo real, o que implica regras que dão forma ao mundo.

É nesse período que Freud situou a manifestação mais plena do Complexo de Édipo, período em que fortemente as regras e papéis sociais colocam para as crianças os limites das relações. É também por essa idade que meninos e meninas iniciam a brincar com elementos que exigem regras definidas: brincar de casinha, pai, mãe, médico, médica, dentista, advogado, advogada, enfermeiro, enfermeira, entre outros. Ainda que em forma de brincadeira e de fantasia, são os elementos da vida real que iniciam seu processo de vir à tona.

Daí para frente, pré-adolescentes, adolescentes, pessoas adultas e idosas, na expressão de Jean Piaget, jogarão jogos de regras. Esses, como os jogos anteriores, auxiliarão cada indivíduo a tomar posse de como operar com os entendimentos no âmbito dos raciocínios abstratos e formais.

Nessa sequência das possibilidades de "jogar" jogos de exercício, simbólico e de regras, a aquisição das habilidades menos complexas servirão de base para aquelas que exigem elementos mais complexos tanto para a compreensão da realidade como para o agir.

Desse modo, quem só têm capacidade para praticar os jogos de exercício, por si, não terá condições de praticar jogos dos níveis mais complexos, que exigem estruturas neurológicas, psicológicas, mentais e lógicas mais complexas. Todavia, quem já chegou ao estágio dos jogos simbólicos poderá, em decorrência do seu estágio de desenvolvimento, praticar os jogos do estágio anterior, os jogos de exercício. O mesmo ocorrendo com as outras etapas do desenvolvimento do ser humano e seus respectivos jogos.

A partir dessas rápidas noções sobre "os jogos em Piaget", podemos concluir que, para esse autor, os jogos, como atividades que propiciam estados lúdicos, subsidiam o desenvolvimento e o autodesenvolvimento do ser humano. O autor, à medida que se manteve atento às suas permanentes perguntas — "Como o conhecimento se dá e como é construída a capacidade interna do conhecer?" —, vê os jogos (afinal, as atividades) como os recursos que propiciam o caminho interno de construção da inteligência e dos afetos.

Tendo por base a compreensão piagetiana dos jogos, afinal, a compreensão das atividades, podemos perceber a sua significação para a vida das crianças, dos pré-adolescentes, dos adolescentes, assim como dos adultos e dos idosos na perspectiva de subsidiar o desenvolvimento interno, que

Ludicidade e atividades lúdicas na prática educativa

significa a ampliação e a posse das capacidades cognitivas, afetivas e psicomotoras de cada um.

Assim sendo, podemos e devemos nos servir de atividades que propiciam estados lúdicos, na perspectiva de que, prazerosamente, propiciam, ao mesmo tempo, resultados significativos tanto para o desenvolvimento como para a formação dos nossos estudantes; para todos, afinal.

Conhecendo a teoria piagetiana e suas possibilidades práticas, temos em nossas mãos instrumentos fundamentais para dirigir nossa prática educativa, propiciando a todos os estudantes recursos para se construírem internamente.

Com a teoria piagetiana em mãos, podemos saber o que fazer com as brincadeiras e com as atividades em cada fase de desenvolvimento, desde o momento de ser criança até a fase adulta. A teoria piagetiana nos ajuda a compreender que é preciso estarmos atentos ao tempo e às possibilidades do aprendiz realizar uma determinada ação, compreendendo-a e, desse modo, incorporando-a como um novo conhecimento, uma nova habilidade, uma nova compreensão da realidade e do mundo no qual vive. Conhecimento que lhe possibilitará domínio sobre o mundo exterior, no seio do qual vive, como também sobre o próprio mundo interior.

3. Concluindo

Enquanto Freud esteve mais atento aos processos emocionais presentes na prática dos brinquedos e jogos, Piaget esteve mais atento aos aspectos cognitivos, sem que tenha descuidado dos aspectos afetivos. Enquanto a psicanálise esteve mais atenta, ainda que não exclusivamente, à construção e, quando necessário, à reconstrução da experiência emocional, Piaget esteve mais atento à construção dos processos cognitivos e da afetividade.

Ambos são de fundamental importância para quem deseja trabalhar com atividades educativas que produzam estados de ludicidade, sejam elas na educação familiar, na educação escolar ou na educação extraescolar. Podemos observar, segundo ambos os autores, que as atividades lúdicas trazem a aprendizagem somada à sensação de experiência plena para quem as vivencia.

O leitor, a leitora, caso tenham desejo, poderão adentrar no mundo teórico-prático dos outros autores citados no início do presente capítulo, como também encontrarão referencial bibliográfico nas indicações registradas nos capítulos 7 e 8 deste livro. As elaborações teóricas produzidas por todos os autores e autoras que citamos, e ouros mais, poderão nos auxiliar a compreender e utilizar as atividades que propiciam experiências lúdicas tanto na prática do ensinar como na prática do aprender.

Capítulo 4

Atividades lúdicas e a restauração do equilíbrio entre as camadas embrionárias constitutivas do ser humano*

Para tratar da temática anunciada no título do presente capítulo, como seu pano de fundo teórico, servir-nos-emos dos conhecimentos originários da Biossíntese, uma área de conhecimentos criada por David Boadella[1], psicoterapeuta inglês, e exposta ao público inicialmente no decurso da década de 1970, porém com reelaborações constantes nos anos subsequentes.

---

* Ao caminhar pela leitura deste texto, o leitor deverá ter presente que ele é parte de artigo publicado pela primeira vez em *Educação e Ludicidade (Ensaios 02) — Ludicidade: o que é isso?*, sob a organização da Profa. Bernadete Porto — GEPEL/FACED/UFBA, 2002, p. 22-60, sendo que o texto que se segue está entre as páginas 45 e 55, com uma ou outra atualização tendo em vista a presente publicação.

1. David Boadella, nascido em 6 de julho de 1931 em Londres, passou a residir em Heiden, Suiça, desde 1988. Foi psicoterapeuta e criador da Biossíntese. Faleceu em 2021.

Os vínculos pessoais do autor deste livro com a Biossíntese vêm do período de sua formação nessa área de conhecimentos, com duração de cinco anos, 1990 a 1994. Estudos realizados através do Centro de Biossíntese da Bahia, Salvador (BA), sob a orientação da psicóloga e psicoterapeuta Eunice Rodrigues. O Centro de Biossíntese da Bahia é uma instituição vinculada ao Centro Internacional de Biossíntese, sediado em Heiden, Suíça, criado e administrado por David Boadella. Segundo visão e experiência pessoal do autor do presente livro, a Biossíntese oferece subsídios para a compreensão e para a sustentação de experiências vinculadas à ludicidade.

David Boadella é um representante da área teórico-prática da psicossomática. Área de conhecimentos que tem como objetivo subsidiar a restauração biopsicológica do ser humano em sua vida cotidiana. Para tanto, a Biossíntese assimilou compreensões provenientes dos estudos de Sigmund Freud e, em especial, de Wilhelm Reich[2], mas também de outros pesquisadores e autores vinculados a esse campo de estudos.

A Biossíntese, em si, não trata da fenomenologia da ludicidade. Todavia, ela nos subsidia, com seus conceitos básicos e recursos práticos, a estabelecer pontes para compreender o significado da vivência das experiências lúdicas.

---

2. Wilhelm Reich (1897-1957) foi um importante psiquiatra e psicanalista austríaco pioneiro no estudo dos fenômenos psicossomáticos. A partir da Psicanálise freudiana, criou uma nova abordagem psicoterapêutica que atenta simultaneamente aos processos orgânicos e energéticos do corpo humano. Sua proposta psicoterapêutica é denominada hoje de "Psicoterapia Reichiana" (Dados transcritos de: https://www.ebiografia.com/wilhelm_reich).

A escolha desse referencial teórico tendo em vista tratar da ludicidade tem a ver com o fato de que ele subsidia consistentemente as compreensões que assumimos para tratar dessa fenomenologia, como veremos na sequência do presente capítulo.

1. Biossíntese: um pano de fundo para compreender a ludicidade

Iniciemos pela Biossíntese. Do ponto de vista dessa abordagem teórico-prática, o ser humano é constituído, embrionariamente, por três camadas germinativas denominadas endoderma, mesoderma e ectoderma, assumindo essa realidade como base para estabelecer compreensões tanto a respeito da constituição como a respeito da restauração do equilíbrio psicobiológico do ser humano[3].

Biologicamente, em torno do décimo quarto dia após a concepção, as células do novo ser humano, que, até esse momento, eram indiferenciadas, especializam-se dando forma às três camadas germinativas acima citadas. No processo de constituição e crescimento do ser humano, essas camadas se diferenciam e passam a compor um ou outro conjunto de seus órgãos, que, por sua vez, terão papel fundamental na vida de cada um de nós:

— o *endoderma* dará origem aos órgãos internos do tórax e do abdômen, órgãos aos quais, fisiologicamente, se vinculam nossos sentimentos;

---

3. Neste tópico, estaremos nos servindo dos estudos de David Boadella, no seu livro *Correntes da Vida*, já citado anteriormente nesta publicação.

— o *mesoderma* constituirá nosso sistema de sustentação e de movimento: o esqueleto, a musculatura e o sistema circulatório;

— o *ectoderma* constituirá nosso sistema nervoso central e todo o sistema de comunicação do ser humano com o mundo exterior, desde que suas ramificações nervosas se estendem por todas as partes do corpo, como também pelos órgãos dos sentidos, que nos colocam em comunicação com o mundo externo.

Essas três camadas germinativas dão origem a três modos de ser de cada um de nós: o sentir (endoderma), o pensar (ectoderma) e o agir (mesoderma). Sentimento, pensamento e movimento são três componentes do nosso estar no mundo. Ao exercitar cada um desses modos de ser, estaremos simultaneamente exercitando os outros dois, à medida que o ser humano é um todo uno e integrado.

Os três conjuntos de órgãos, acima citados, segundo as compreensões da Biossíntese, manifestam-se de modo predominante em três partes distintas do corpo, porém não separadas: cabeça (ectoderma), tronco e membros (mesoderma) e abdômen (endoderma). Essas partes ligam-se entre si por pontes: a cabeça liga-se ao tronco através do pescoço, especialmente através da nuca; a cabeça se liga com o abdômen via a garganta, parte interna do pescoço; e o tronco se liga ao abdômen através do diafragma.

Todavia, nem sempre, no decurso de nossas vidas, esses três segmentos funcionam harmonicamente, fato que

Ludicidade e atividades lúdicas na prática educativa 71

se expressa através dos nossos desequilíbrios entre o sentir, o pensar e o agir.

No ver da Biossíntese, quando, energeticamente, a cabeça está desconectada do corpo, através de bloqueios musculares sediados em especial na nuca, podem ocorrer duas consequências para a vida cotidiana de cada ser humano:

— de um lado, se a energia se concentra de modo predominante na cabeça, usualmente, emerge o modo de pensar em excesso assim como rigidez na conduta;

— de outro lado, se a energia se concentra de modo predominante no corpo, de modo usual ocorre a hiperatividade à medida que, no caso, a ação passa rapidamente tanto pela reflexão como pelos sentimentos.

E, quando, energeticamente, a cabeça está desconectada do abdômen, esse fato pode conduzir a duas consequências opostas:

— conduz o sujeito a suprimir as emoções, deixando-as presas no abdômen, sem poder expressá-las pelo rosto, ou, de forma diversa, expressar excessivas emoções pelo rosto, sem estabelecer contato com o centro do corpo, representado pelo abdômen;

— ou, então, tendo em vista aliviar a pressão interna, a emoção será expressa através de reações intempestivas que, aqui e acolá, temos em nosso cotidiano.

Por último, energeticamente, o tronco pode estar separado do abdômen pelo diafragma tenso, cujas consequências opostas podem ser:

— a energia se concentra mais no tronco, levando a respiração a se expressar de modo quase que imperceptível, fator que conduz à manifestação de pouca emoção;

— ou a energia se concentra mais no abdômen, em um processo de estado emocional intenso, emergindo, então, a ansiedade que, por sua vez, não encontra um modo de expressão através de um movimento harmônico. Nesse caso, a respiração é ativa, porém, o sistema muscular é pouco ativo[4].

O ideal, em nossa vida cotidiana, segundo o ver da Biossíntese, seria crescer com o equilíbrio energético entre os três segmentos do nosso corpo e, consequentemente, das três qualidades básicas do ser humano a eles relacionadas: sentir, pensar e agir.

Nesse contexto, nosso crescimento tem se feito, em parte, de modo harmônico, mas, em outra parte, ainda no ver da Biossíntese, frente às nossas experiências biográficas e existenciais, tem se feito pelo caminho do desequilíbrio entre esses segmentos, assim como entre as qualidades que eles expressam.

---

4. Para uma melhor compreensão dessa temática, pode-se ver, também, com proveito, o livro *Anatomia Emocional*, de Stanley Keleman. São Paulo: Summus Editorial, 1992.

Esses desequilíbrios — manifestos através da relação entre as qualidades positivas e as negativas, acima indicadas — são ou foram adquiridos no decurso da própria experiência de vida de cada um de nós. Porém, vale sinalizar que as experiências negativas poderão ser transmutadas (restauradas) através de atividades psicoterapêuticas ou de atividades educativas que restabeleçam o natural fluxo energético entre as partes componentes do corpo do ser humano, e, pois, entre as suas qualidades de sentir, pensar e agir.

Para entrar no contato efetivo consigo mesmo, o ser humano necessita, de maneira usual e constante, estar em contato com o sentimento (sentir); sentimento que, simultânea ou sucessivamente, é compreendido e elaborado pelo pensamento (pensar) e realizado pelo movimento (agir). À medida que tenha ocorrido uma ruptura no equilíbrio entre sentir, pensar e agir, o caminho saudável, no ver da Biossíntese, será restaurá-lo. Restauração que tem a ver com cuidados psico-corporais com cada um de nós.

Então, duas direções de cuidados, cada uma delas com suas especificidades, porém, nunca separadas entre si. Os movimentos psíquicos se darão na direção da compreensão integrativa de nossos modos de agir e dos desejos de modificá-los a favor de um modo saudável de viver e conviver para si, para os outros e para o mundo. E, ao mesmo tempo, a atenção voltada para os nossos movimentos corporais, que, por sua vez, se dará através da observação do nosso corpo, verificando em quais dos seus segmentos há dificuldade de circulação da energia, e, em consequência, buscando reduzir essas dificuldades. Afinal, importa, seja via nosso componente psíquico, seja via nosso componente corporal, investir na busca de uma integração saudável de nossa mente com nosso corpo, constituindo um todo mente-corpo ou corpo-mente.

De modo usual, em nossa sociedade, damos pouco lugar aos sentimentos. Em razão de nossa herança iluminista, que trouxe benefícios significativos para a sociedade moderna e para nós, seus cidadãos, trouxe ao mesmo tempo limites educativos de modo que, de forma predominante, ensinamos e aprendemos pautados em nossa faceta cognitiva, com descuido da nossa faceta afetiva.

Com isso, nossa experiência de sentir permaneceu relegada ao segundo plano, razão pela qual o caminho cotidiano predominante em nossas vidas tem sido viver no desequilíbrio dos nossos elementos constitutivos, ao mesmo tempo psíquicos e corporais sintetizados no sentir, pensar e agir.

2. Biossíntese e ludicidade

O que a Biossíntese, anteriormente exposta de modo sucinto, tem a ver com as atividades lúdicas? Em razão das atividades lúdicas possibilitarem experiências plenas e consequentemente primordiais, como consequência, possibilitam o acesso aos sentimentos essenciais, fator que, por sua vez, subsidia o contato com as forças restauradoras e criativas que existem no ser de cada um de nós.

A vivência dessas experiências, vagarosamente, possibilita a restauração das pontes entre os componentes primordiais do nosso corpo — endoderma, mesoderma e ectoderma — e, pois, a restauração do equilíbrio entre os componentes psico-corporais do nosso ser.

Nas atividades efetivamente lúdicas, o ser humano — criança, adolescente, adulto ou idoso — vivencia simultaneamente o sentir, o pensar e o agir. E, na participação em uma atividade que se manifeste lúdica, o ser humano torna-se pleno, como temos definido nos capítulos anteriores deste livro, fator que implica no contato *com* e *na* posse das fontes restauradoras do equilíbrio psico-corporal de cada um de nós.

No caso, agir ludicamente, de imediato, conduz ao contato com os sentimentos, que se situam fisiologicamente nos órgãos do nosso corpo que são remanescentes do endoderma[5], local do contato com as sensações e sentimentos mais profundos de cada um de nós. Fator que, por sua vez, facilita os movimentos próprios dos órgãos que emergiram do ectoderma e do mesoderma, garantindo, respectivamente, o pensar e o agir de modo adequado e justo.

Os alquimistas definiam nosso abdômen — propriamente o espaço do endoderma — como uma fornalha na qual tudo se transforma. É para aí que as atividades lúdicas nos conduzem. Propriamente para a fornalha dos nossos sentimentos, com os quais estão articulados nossos pensamentos e nossas ações. É nessa "fornalha" que encontramos as fontes restauradoras da vida, desde que primordiais, primais e, pois, básicas.

---

5. Dizemos *remanescentes* devido ao fato de que endoderma, mesoderma e ectoderma, em nosso processo de autoconstituição, se transformaram em vísceras, ossos e músculos, sistema nervoso, como sinalizamos anteriormente.

Como as atividades lúdicas podem ser um suporte tanto para a construção como para a restauração do equilíbrio energético do ser humano?

David Boadella diz que nós, seres humanos, somos constituídos por polaridades, e a principal de todas elas é aquela que se refere à dupla interior-exterior. O interior expressa nossa Essência, o Âmago do nosso ser, e, pois, o centro dos anseios de nossa alma. O exterior é o nosso corpo, nossa personalidade, o campo da energia, que nos permite estarmos presentes no mundo.

O Âmago, segundo expressão de Boadella, não pode ser manipulado, *ele é o que É*. Com ele, podemos exclusivamente manter contato. Contato que é curativo, por dar-se para além de todo pensamento, de todo julgamento. Nossa Essência, segundo o ver desse autor, é curativa porque divina.

A energia, por sua vez, é externa, é a força que nos permite agir e viver; ela expressa o seu potencial em nossas experiências cotidianas; energia que pode estar ordenada ou desordenada. Para permitir o contato com nossa Essência, ela necessita estar ordenada.

Os múltiplos modos de praticar adequadas psicoterapias, assim como adequadas práticas educativas, contribuem para esse ordenamento ou reordenamento interno de cada um de nós.

Nesse contexto de compreensão, no que se refere ao campo da educação e consequentemente da aprendizagem, podemos criar vias e recursos com vistas a possibilitar a expressão de cada educando, de cada educanda de modo ordenado. Podemos, pois, sempre e continuamente, auxiliar nossos estudantes e nossas estudantes na busca de modos adequados e funcionais de vida, tendo em vista possibilitar-lhes um suporte para entrar em contato com sua Essência e, então, poder expressá-la em seus modos cotidianos de ser e de estar na vida.

Quando ordenamos ou reordenamos nosso campo energético, ele permite um contato com nossa Essência. Contato que, por si, é curativo, uma vez que, à medida que é estabelecido, reverbera para todas as nossas experiências de vida. Esse contato com nossa Essência, na maior parte das vezes, será rápido e fugaz, mas será um contato, e, a partir dele, nossa vida irá se transformando e tornando-se o que necessita ser.

As atividades lúdicas ordenam ou reordenam o campo de nossa energia e, por isso, ocorram elas em momentos fugazes ou em situações duradouras, nos permitem um contato com nossa Essência. Com o tempo e com repetidas experiências plenas e, pois, lúdicas, seguiremos podendo manter um contato permanente com nossa Essência. Seguiremos, desse modo, aprendendo a sustentar essa experiência.

3. Uma experiência de contato com a própria Essência

Para ampliar a compreensão do que é contato com nossa Essência, transcrevemos a história de vida que se segue. No caso do relato a seguir, importa ter presente que ele se refere a uma experiência vivida a partir de uma doença. O processo físico, na referida circunstância, permitiu um contato com a Essência do portador da doença.

Contudo, por outro lado, importa observar que o contato com a Essência não necessita ser realizado através da dor, como por vezes se pensa, ainda que possa ocorrer por essa via, de forma aproximadamente semelhante ao relato que se segue.

O contato com nossa Essência, em princípio, deveria dar-se através da alegria, da beleza e, pois, da experiência plena propiciada pela vivência de variadas atividades, no decurso de nossa vida, com a característica da ludicidade. Mas, aqui e acolá, são as experiências difíceis que nos acordam para a necessidade de viver bem.

O texto que se segue nos subsidia compreender o que é contato com a Essência, assim como subsidia compreender que o estado lúdico — ludicidade — tem a ver com um estado interno para além das atividades em si.

O episódio, relatado a seguir, é da autoria de Rachel Naomi Remen, em seu livro *As bênçãos do meu avô: histórias de relacionamento, força e beleza*[6]. Sendo médica, ela registrou em seu livro:

Um de meus pacientes, um executivo diagnosticado com câncer, disse-me um dia:

— Eu sempre soube o que era importante. Apenas não me sentia no direito de viver de acordo com isso.

---

6. Rachel Naomi Remen é médica, vive nos Estados Unidos e escreveu o livro aqui citado usando a primeira pessoa, uma vez que, nos seus diversos capítulos, relata experiências pessoais. Vale ainda sinalizar que, aqui e acolá, a paragrafação do texto foi modificada, acreditando facilitar sua leitura e compreensão. REMEN, Rachel Naomi. *As bênçãos do meu avô* — histórias de relacionamento, força e beleza. São Paulo: Editora Sextante, 2001.

Harry era o administrador de uma grande companhia de seguros, quando descobriu que tinha câncer de cólon. Sendo o primeiro de uma família de agricultores a frequentar uma faculdade, desde o início ele tinha se tornado um aluno excepcional. Era conhecido em seu meio como um homem impetuoso, politicamente esperto e ambicioso, que fazia da carreira a sua própria vida.

Seu câncer fora descoberto bem cedo e o prognóstico era excelente. Os colegas esperavam que reassumisse o trabalho bem depressa. Entretanto, dois dias após recomeçar, Harry abandonou seu cargo, surpreendendo a todos. A empresa imaginou que ele tivesse recebido uma oferta melhor, mas não era isso. Harry parou de trabalhar durante um ano. Depois comprou um vinhedo e mudou-se com a família para a propriedade. Nestes últimos cinco anos[7], vem plantando uvas e fabricando vinho.

[Segue o depoimento de Harry]:

— Desde o instante em que acordei daquela cirurgia, Rachel, tive certeza, sem a menor sombra de dúvida, de que estava vivendo uma vida que não era minha. Sofri muitas pressões dos meus pais para alcançar o sucesso. Eles estavam muito orgulhosos por eu ter escapado da dura vida que levavam há tantas gerações. No início, eu me senti envolvido pelo desafio, querendo muito vencer. Meu pai era um agricultor, assim como meu avô e meu bisavô. Ele detestava o trabalho que fazia, mas eu sou diferente. Eu compreendo a terra. Ela é importante para mim. Conheço este trabalho como

---

7. O registro temporal refere-se ao momento em que a autora escreveu o texto, tendo presente a duração do tempo entre o conhecimento do personagem e o relato efetuado por ela.

conheço a mim mesmo. Sinto que pertenço a este lugar de uma maneira que jamais senti em qualquer outro.

[Então], nós nos sentamos na varanda de sua casa [relatou a autora], admirando o imenso mar verde formado pelas videiras que dançavam gentilmente ao sabor do vento. Rosas contornavam [o cercado] da casa. O mundo dos negócios estava a anos-luz de distância. Como se pudesse ler meus pensamentos, ele me disse, com um sorriso nos lábios:

— Meu lema costumava ser: "Faça do meu jeito ou desapareça". Eu me sinto muito orgulhoso de estar vivendo pessoal e profissionalmente, de acordo com os meus desejos. Foi difícil enxergar que eu tinha me vendido de uma maneira tão completa que nem conseguia perceber.

A busca da integridade é um processo contínuo que requer nossa atenção constante. Um colega médico, descrevendo sua própria busca da autenticidade, contou-me que vê a vida como se fosse uma orquestra. Lutar por sua integridade o faz lembrar do momento em que, antes do concerto, o maestro pede ao oboísta que toque um lá. No início ouve-se um barulho caótico, causado pelos músicos que tentam harmonizar seus instrumentos a partir daquela nota. Porém, à medida que cada um deles se aproxima do tom, o barulho diminui e, quando finalmente tocam juntos, há um momento de paz, um sentimento de volta ao lar.

— É assim que eu sinto — ele me disse. Estou sempre afinando a minha orquestra. Em algum lugar dentro de mim existe um som que é só meu e eu luto todos os dias para ouvi-lo e para afinar minha vida por ele. Algumas vezes, as pessoas e as situações me ajudam a ouvir minha nota com maior clareza. Outras vezes, elas dificultam a minha audição. Depende muito do meu compromisso em querer ouvir e da minha intenção de manter-me coerente com essa nota interior. Somente quando estou harmonizado com ela é que posso tocar a música misteriosa e sagrada da vida, sem corrompê-la com minha própria dissonância, minha própria amargura, meus ressentimentos e temores. Quer estejamos ouvindo ou não, no fundo de nossos corações a nossa integridade canta. É uma nota que só nossos ouvidos conseguem perceber. Algum dia, quando a vida nos deixar prontos para ouvi-la, ela vai nos ajudar a encontrar nosso caminho de volta para casa.

O contato desse homem com sua integridade ocorreu dessa forma, primeiro, através da dor e, a seguir, através da alegria. Com outros, poderá ocorrer por outros caminhos. Esse contato tem a possibilidade de acontecer e acontecerá sempre e durante toda nossa vida, nos momentos em que nossa energia estiver ordenada ou reordenada. Contato que pode ser fugaz, rápido, mas contato. Afinal, o que importa é o contato com nossa essência. Vale a observação feita por Harry de que o alinhamento com nossa *Essência* nos conduz a viver bem e de maneira íntegra e, pois, lúdica.

Esse foi o caminho de Harry, segundo o relato de Rachel Naomi Remen. Contudo, não necessariamente, esse tem que ser o caminho para todos nós. Podemos estar atentos e buscar uma forma de compreender a vida e agir de tal modo que nos sintamos íntegros e, desse modo, lúdicos. Lúdicos com o modo de viver que escolhemos e seguimos, à medida que nos oferecem integridade na convivência com nós mesmos, com os outros e com o meio no qual vivemos.

Talvez, o melhor caminho seja estarmos atentos às atividades que nos trazem plenitude e alegria, como, ao final do relato, ocorreu com o personagem apresentado acima. Importa o contato com Essência.

As atividades lúdicas possibilitam esse contato com a essência de cada um de nós. Como professor e educador, experimentamos isso em sala de aula nas disciplinas relativas à ludicidade, já relatadas no decurso dos capítulos deste livro. Praticamente todos os estudantes das disciplinas relatadas, após vivenciarem atividades lúdicas propostas grupalmente, relataram experiências internas próprias de uma vida saudável. As atividades lúdicas, quando efetivamente vivenciadas como lúdicas, propiciam esse estado de ânimo.

4. Concluindo

Encerrando esse capítulo, novamente retornamos ao conceito de ludicidade como oportunidade de vivenciar uma experiência interna plena. A experiência relatada por Rachel Naomi Remen nos lembra que quem terá que fazer o percurso da experiência lúdica, para que ela seja plena, é o próprio sujeito da ação.

Poderemos, de modo objetivo, ter muitas descritivas e análises das atividades lúdicas, que são importantes para nossa compreensão daquilo que se dá no decurso da vida, porém, só o sujeito da experiência, como temos sinalizado, poderá vivenciar a ludicidade como experiência plena em seus atos.

A Biossíntese como suporte para a compreensão da dinâmica da psique humana nos propicia compreensões fundamentais que nos subsidiam no alinhamento com nossa essência e, pois, com as possibilidades de vida saudável, afinal, com a ludicidade. Ao nosso ver, importa assimilar suas compreensões e proposições em busca de um caminho saudável para a vida.

Poderíamos continuar nos servindo de múltiplos outros estudos para compreender o significado e o uso das atividades lúdicas na vida humana e na educação, mas, por enquanto, ficaremos por aqui. O estado lúdico nos propicia viver de modo saudável para nós mesmos e para aqueles que nos cercam.

Capítulo 5

Ludicidade e vida cotidiana na prática educativa

1. Ludicidade e vida cotidiana

Com base nos estudos de Ken Wilber, expostos no capítulo 2 deste livro, temos definido reiteradamente, ao longo destas páginas, que ludicidade é um estado interno de experiência plena por parte do ser humano, um estado de bem-estar, confortável e alegre[1].

1.1 Observações a respeito de ludicidade no cotidiano

Frente à compreensão acima exposta, importa observar que, comumente, em nosso cotidiano, as denominadas "experiências divertidas" podem ser lúdicas, como também podem ser não lúdicas.

---

1. Importa registrar que "alegre" não necessariamente significa "engraçado". Pode até ser engraçado, mas não necessariamente.

Com base nessa compreensão, em nosso dia a dia: (a) podemos nos deparar com experiências que não-são-divertidas, mas que podem ser lúdicas; (b) como também podemos nos deparar com experiências que supostamente-são-divertidas, mas, ao mesmo tempo, são não-lúdicas. A seguir a compreensão dessas duas afirmações.

Primeiro, no que se refere à primeira afirmação — "podemos nos deparar com experiências que não-são-divertidas, mas que podem ser lúdicas".

Em nosso cotidiano, são múltiplas as possibilidades de ouvir uma boa música, manter uma boa conversa, participar de uma conferência que traz boas compreensões, ler as páginas de um livro que nos interessa, pintar uma tela, no caso, para aqueles que têm essa habilidade, somada ao prazer em realizá-la, assistir um filme ou uma programação interessante, cozinhar para quem gosta dessa atividade, passear em um jardim ao pôr do sol... Afinal, miríades de possibilidades de experiências em nosso cotidiano que não são divertidas, contudo, são lúdicas. Experiências variadíssimas para cada um de nós em nossa individualidade.

No que se refere à segunda afirmação — "podemos nos deparar com experiências que supostamente-são-divertidas, mas, ao mesmo tempo, são não-lúdicas" —, segue uma situação social que ilustra essa compreensão.

Situação que pode dar-se da seguinte forma: em uma reunião social, podem ocorrer atividades que são denominadas brincadeiras; comumente, elas são conhecidas de todos ou de quase todos aqueles que estão reunidos para uma conversa ou para uma situação comemorativa. E, então, nessa circunstância, pode ocorrer uma atividade que, supostamente, seria divertida.

Ludicidade e atividades lúdicas na prática educativa

De modo usual, no contexto acima referido, a situação ocorre aproximadamente da forma como se segue descrita: uma das pessoas presentes é colocada em destaque. A seguir, uma ou mais pessoas, participantes da atividade, sinalizam alguma característica, algum fato relativo à vida da pessoa que se encontra em destaque. Usualmente, essa sinalização tem a ver com uma característica que supostamente seria engraçada para o grupo e, em consequência, provocaria o riso. Situação que, de modo comum, pode ser divertida para algumas pessoas, mas não necessariamente para aquele ou para aquela que vivencia a experiência de estar em exposição, tendo em vista obter o riso das pessoas presentes.

A situação pode ser divertida para algumas ou para muitas pessoas participantes do evento, contudo, conceitual e praticamente, uma situação não-lúdica, desde que, de alguma forma, *exclui* aquele ou aquela que está sendo objeto da ação. O grupo presente ri, porém, a pessoa objeto da suposta brincadeira se sente isolada, excluída e, de modo usual, incomodada.

Aquele ou aquela que sofre esse trato social, por vezes, reclama, e, então, recebe uma resposta equivalente ou parecida com a que se segue: "Desculpa, estávamos brincando". Certamente, uma situação adversa para aquele ou para aquela que está sendo objeto da atuação do grupo.

Nesse contexto, vale observar que a ludicidade não vem necessariamente do brincar ou de um modo específico de agir na vida social. A ludicidade pode vir *também* do brincar, caso este seja efetivamente um brincar, seja o brincar da criança como também o brincar da pessoa adulta. A condição é de que seja efetivamente "um brincar", no qual *todos os presentes* possam estar incluídos em condições de igualdade.

Vale sinalizar, ainda, que as múltiplas modalidades de atividades lúdicas estão comprometidas, factualmente, com a faixa etária e com a maturidade psicológica daqueles e daquelas que vivenciam a experiência. Afinal, há ludicidade nas atividades da criança, assim como nas atividades próprias da fase da adolescência, assim como da vida adulta. Todos, em suas diversas faixas etárias, vivenciam experiências lúdicas através de situações diferenciadas e apropriadas a cada idade, contudo, sempre com investimento na inclusão de todos.

Nesse contexto, aquilo que, apropriadamente, permanece como característica da ludicidade é o estado interno de alegria, de realização, de experiência plena, de bem-estar de quem vivencia a experiência, o mesmo ocorrendo para todos os presentes em uma situação na qual a experiência é vivida grupalmente. O ser humano se desenvolve e, com o seu desenvolvimento, os objetos e as situações que permitem experimentar ludicidade também seguem se modificando atendendo o modo de ser em cada faixa etária.

1.2. Ludicidade e trabalho na sociedade do capital

Na perspectiva de experiências lúdicas na vida cotidiana, vale uma observação sobre trabalho e ludicidade. O trabalho no modelo de sociedade do capital, no qual vivemos, se caracteriza como trabalho economicamente produtivo, o

Ludicidade e atividades lúdicas na prática educativa

que equivale a dizer que, prioritariamente, de alguma forma, ele deve garantir lucro.

Nesse contexto, nos lembra Karl Marx que o trabalho, na sociedade do capital, produz a alienação desde que não está, em primeiro lugar, a serviço da vida, mas sim do capital. Segundo esse modelo de sociedade, o ser humano deve trabalhar para produzir capital, em vez de trabalhar para realizar-se e para criar condições satisfatórias de vida. Nesse contexto, será difícil, senão impossível, cada cidadão realizar-se segundo os anseios de seu ser.

Então, no contexto da compreensão exposta por Marx, o trabalho, servindo ao capital, é compreendido como "valor de troca" e não como "valor de uso", servindo à vida. Dessa maneira, será fatigante. O trabalho só poderá ser lúdico, se estiver a serviço da vida, ou seja, um "valor de uso" que, na compreensão do autor, é diverso do "valor de troca", modelo predominante na sociedade do capital.

Essa foi uma das importantes compreensões de Marx, ao estudar o modelo de sociedade do capital, sociedade na qual ele viveu no decurso do século XIX e na qual vivemos no presente momento histórico.

No contexto do modelo de sociedade no qual vivemos, assimilamos a crença de que o trabalho é pesaroso. Afirma-se, então, que trabalho é trabalho e ludicidade é ludicidade. E mais: compreende-se que ludicidade, por si, está comprometida com o divertimento e não com o trabalho.

Em nosso cotidiano, existem muitas frases, das quais todos nós nos servimos de maneira usual e que revelam a crença de que o lúdico "não é sério". Frases tais como: "Isso aqui não é brincadeira; é trabalho duro"; "Agora, acabou a brincadeira, vamos para o sério"; "Aqui, nesse lugar, não se brinca, se trabalha". E outras mais, que cada um de nós pode catalogar. Crenças segundo as quais trabalhar não pode ser lúdico, por isso não pode trazer um estado de experiência plena, de bem-estar e de alegria interna.

Todavia, o trabalho, fora da ótica exclusiva da produção e da reprodução do capital, pode ser lúdico, desde que criativo e prazeroso. Uma psicanalista norte-americana, de nome Lenore Terr, escreveu e publicou um livro, que, na tradução para o espanhol, tem o título de *El Juego: porque los adultos necesitan jugar*[2]. Nesse livro, entre muitas outras abordagens, ela trata da relação entre trabalho e ludicidade em um capítulo intitulado: "El juego como trabajo, el juego como vida".

Nesse capítulo, a autora relata a entrevista que fez com o dono de um restaurante, que, de alguma forma, passou a vida atuando na área da alimentação. Como menino, ia comprar pão e ficava a imaginar como ele era feito; depois, como pequeno trabalhador dessa mesma padaria, varrendo o chão e observando, maravilhado, como o pão era feito; e, a seguir, trabalhando como garçom, o que lhe dava mobilidade e alegria na vida. Com o passar do tempo, tornou-se proprietário desse restaurante.

O restaurante parecia-lhe uma atividade bastante lúdica e, então, decidiu que a comida seria aquilo que iria fazer pelos tempos de sua vida, por isso dedicou-se a ela. Desse modo, tudo, em sua vida, passou a estar em torno da comida, seus horários, suas práticas, seu modo de ser

---

2. TERR, Lenore. *El Juego*: porque los adultos necesitan jugar. Barcelona: Editorial Paidós, 2000.

e de relacionar-se. Em seu depoimento a respeito de sua experiência de vida, afirmou: "Gosto de cozinhar, gosto de amassar o pão, gosto do mercado, gosto de trabalhar sozinho na cozinha, gosto de trabalhar com os outros, gosto de ensinar, gosto de aprender".

Nesse contexto, o trabalho é sério, no sentido de que produz bens para satisfazer a vida, mas, ao mesmo tempo, traz alegria e ludicidade. Certamente, que não do ponto de vista do capital, cujo resultado final do trabalho está vinculado, de modo especial, à ação cujo objetivo é produzir lucro para o proprietário do empreendimento, seja ele qual for.

A atividade, no âmbito do trabalho, pode ser internamente lúdica, porém ele não conduzirá ao estado lúdico se estiver voltado exclusivamente para a produção ou reprodução do capital, uma vez que, nessas condições, será estafante.

Parafraseando Marx, podemos dizer que o trabalho se expressa como uma ação criativa, mas, no modelo de sociedade do capital e, pois, da "mais-valia", ele está — e estará — voltado para o lucro e não para o ser humano em si.

No contexto do modelo da sociedade do capital, não há e não haverá ludicidade no trabalho, uma vez que o horário de trabalho é o horário da empresa; as regras são e serão as regras da empresa; durante o horário do trabalho, o modo de vida é o modo determinado pela empresa, ou seja, o trabalho produtivo em conformidade com as compreensões da sociedade do capital. No modo capitalista de produção, o trabalho pertence à empresa e não ao trabalhador. Razão pela qual, no ver de Marx, no seio da sociedade do capital, o trabalho é alienante e, pois, não-lúdico.

Que tal tentar fazer do nosso trabalho uma experiência lúdica, mesmo no seio da sociedade do capital? É um desafio que está posto para todos nós, ou seja, o desafio para nos servirmos das contradições próprias da sociedade do capital e utilizá-las a favor da vida. São as contradições que subsidiam o movimento de transformação. A situação relatada por Lenore Terr, logo acima, nos revela essa possibilidade, ou seja, mesmo no seio da sociedade do capital, criar modos lúdicos de agir.

1.3. Findando essas considerações sobre ludicidade e vida cotidiana

Findando essa abordagem sobre ludicidade e vida cotidiana, ainda uma observação. Pareceria que a compreensão da experiência lúdica, exposta neste e em outros capítulos deste livro, conduziria ao individualismo e, por tabela, ao egoísmo narcísico.

Todavia, caso a experiência lúdica seja verdadeiramente lúdica, ela será translógica, plena. Será integrativa para o sujeito individual, assim como para os seres humanos tomados coletivamente, uma vez que, nesse nível de experiência, estaremos vivenciando o *Todo* e nele não há escolhas entre o "dentro" e o "fora", não há formas melhores ou piores. Expressar-se-á como o *Tao*, na linguagem indiana, onde todas as coisas se dão e existem integradamente a favor da vida.

Caso vivamos essa experiência, faremos contato com a nossa essência e, por consequência, nos abriremos para a compaixão, como um ato de estar e viver consigo mesmo e com os outros em igualdade e harmonia, em diálogo, estado de amar e, ao mesmo tempo, de ser amado; uma experiência possível na vida de cada um e de todos nós.

Vale sinalizar ainda que duas das dimensões registradas por Ken Wilber — autor abordado em capítulo anterior deste livro — e constitutivas do ser humano estão comprometidas com o seu interior, seja no que se refere à dimensão interior individual ou no que se refere à dimensão interior coletiva. Então, as atividades, que propiciam experiências lúdicas, podem ser praticadas individualmente ou em grupo. Importa, pois, fazer contato com nós mesmos e com os outros. Esse é o lugar da compaixão.

2. Cuidados que o educador necessita cultivar tendo em vista atuar a favor de experiências lúdicas de seus estudantes

Tendo presente que ludicidade é um estado interno, importa ao educador como profissional que atua na formação de outros seres humanos, em primeiro lugar, cuidar de si mesmo, a fim de que possa cuidar de cada um dos seus estudantes.

Para cumprir esse modelo de conduta, o educador efetivamente comprometido com sua atividade profissional, entre outras atividades existenciais, necessitará cuidar de si, seja no que se refere à sua competência cognitiva, seja no que se refere à sua forma de praticar a relação pedagógica.

Do ponto de vista cognitivo, a condição básica de quem ensina é ter a posse competente dos conteúdos a serem ensinados e, do ponto de vista metodológico, a posse das habilidades tendo em vista o desempenho satisfatório nas atividades de ensino com vistas à efetiva aprendizagem por parte de todos os estudantes com os quais atua.

E, ainda, sem sombra de dúvidas, ao lado do domínio dos conteúdos cognitivos e das habilidades relativas aos atos de ensinar e aprender, importa cuidar dos aspectos afetivos presentes e necessários nesse âmbito de atividade humana.

As relações interpessoais se dão no seio de um espaço marcado pelos nossos estados emocionais, e eles têm a ver com a biografia pessoal de cada um de nós. O passado gerou nossa anatomia emocional e é com ela que vivemos e que atuamos profissionalmente; anatomia emocional que pode e deve ser modificada sempre para melhor. Na atividade de ensinar, como em variadas outras atividades profissionais, o fator emocional tem papel fundamental; afinal quem se propõe a atuar na área do ensino e, pois, da educação, atuará no espaço das relações interpessoais.

No contexto dos atos de ensinar e aprender, importa ter presente a compreensão freudiana de que "uma reação emocional, quando intempestiva e desproporcional a uma circunstância do presente, não é do presente propriamente dito, mas do passado". Ou seja, no presente, podemos estar reagindo a uma ameaça inconsciente de que alguma coisa desagradável, ocorrida no passado de cada um de nós, possa vir a ocorrer novamente no momento presente. Antes que isso aconteça, de maneira usual, nosso inconsciente nos conduz a reagir de pronto e automaticamente[3].

---

3. Freud nos ensinou que nossas experiências traumáticas ocorridas no passado e guardadas na memória inconsciente vêm à tona frente a qualquer possibilidade

Essa reação pode ocorrer — e usualmente ocorre — nas mais variadas situações da vida. Esse é o contexto biopsicológico no qual vivemos e sobrevivemos cotidianamente. É, afinal, o mundo pessoal, com o qual podemos estar bem e fluir, alegres e saudáveis, ou seguir de forma triste, reativa, entre outras possibilidades.

Nesse contexto, vale observar que, em algumas áreas das relações interpessoais, como ocorre na prática educativa, essa reação pode dar-se até mesmo de forma mais intensa devido ao fato de que, nesse espaço, podem ocorrer constantemente projeções e contraprojeções emocionais.

Foi no *setting* psicanalítico que Freud descobriu esse modo inconsciente de agir e de reagir, *setting* no qual a relação se dá entre um profissional e um cliente. Na prática educativa, importa ter presente que esse fato atua no contexto da presença simultânea de muitos estudantes, cada um deles com sua biografia e, de modo equivalente, o educador, a educadora, com a sua. Nesse contexto, as atuações psicológicas, de ambos os lados, podem ser mais intensas desde que potencializadas pelos processos emocionais presentes nessa situação. Importa, pois, estarmos sempre atentos a esse fato, tendo em vista administrar as situações emergentes da melhor forma possível.

Caso não cuidemos desse aspecto em nossa vida pessoal e profissional, como educadores, eventualmente, poderemos estar, aqui e acolá, em situações de incômodo com nossos estudantes e, em consequência, reativos às suas atuações.

---

delas ocorrerem novamente. Então, reagimos automaticamente à determinadas circunstâncias que se dão em nossa vida sem termos consciência da razão pela qual "isso ocorre no momento em que ocorre". São reações automáticas.

Essa fenomenologia foi denominada por Freud de "transferência" e "contratransferência", tendo como base sua experiência nas sessões de psicoterapia; todavia, a compreensão dessa fenomenologia pode ser aplicada a todas as relações entre pessoas.

No caso da prática educativa escolar, que nos interessa diretamente, a transferência se dá quando os estudantes projetam no profissional do ensino uma circunstância pessoal do passado, e a contratransferência, ao contrário, ocorre quando o profissional do ensino reage à projeção dos estudantes com conduta semelhante, ou seja, automática e, de modo usual, desproporcional ao que está ocorrendo na circunstância presente[4].

Não há como, na prática educativa, atuarmos de modo satisfatório sem estarmos atentos às nossas próprias reações emocionais e às reações emocionais dos nossos estudantes, à medida que, de maneira psicologicamente adulta, necessitaremos administrar as situações emergentes no seio da relação pedagógica[5].

Então, como profissionais no âmbito da educação regular, necessitaremos estar permanentemente atentos a nós

---

4. Caso o leitor esteja interessado em aprofundar compreensões sobre essa fenomenologia, poderá buscar em Sigmund Freud, *Edição standart brasileira das Obras Psicológicas Completas de Sigmund Freud*. Rio de Janeiro, Imago Editora, 1969, v. XII, os seguintes artigos: "A dinâmica da transferência (1912)", p. 131-146 e "Observações sobre o amor transferencial (novas recomendações sobre a técnica da psicanálise III) (1915)", p. 207-226.

5. O educador, em suas práticas educativas, é o adulto da relação pedagógica, fator que implica que deve cuidar para manter esse lugar. Nesse sentido, vale a pena ver o livro da autoria de Daniel Goleman, *Inteligência emocional*. Rio de Janeiro: Editora Objetiva, 1995 (existem edições com outras datas).

Ludicidade e atividades lúdicas na prática educativa 97

mesmos, desde que respondemos pela liderança na sala de aula, cujo tom do ambiente decorrerá de nossos respectivos modos de ser e de agir.

Se formos competentes, nossas salas de aula também o serão; se formos amistosos, nossas salas de aula também o serão; se formos agressivos também as salas de aula sob nossas lideranças se apresentarão de maneira semelhante; se formos efetivamente lúdicos, nossas salas também o serão.

Quem exerce a liderança dá o tom ao espaço por ele liderado, seja para o lado positivo, seja para o negativo, e isso dependerá de sua filosofia de vida, assim como dos cuidados psicológicos consigo mesmo.

O ideal a ser perseguido cotidianamente por cada um de nós que atuamos na educação institucional — fator que exige investimento pessoal constante — será o de garantir aos nossos estudantes um espaço seguro, acolhedor, confortável e, por isso, lúdico.

Capítulo 6
Sobre o brincar

O presente capítulo engloba quatro pequenos textos escritos no decurso do ano de 2005 e publicados sucessivamente nos meses de setembro, outubro, novembro e dezembro desse referido ano em um *blog* pessoal do autor deste livro, hoje não mais disponível.

Os referidos artigos, para sua inclusão como tópicos neste capítulo, sofreram pequenas modificações no que se refere à clareza da exposição relativa aos conteúdos abordados; contudo, nenhuma intervenção nos entendimentos formulados e expostos. Os textos aqui incluídos trazem um tratamento do ato de brincar com amplo espectro de compreensão abrangendo a infância, a adolescência assim como a vida adulta.

1. Iniciemos pela compreensão do brincar[1]

No que se refere à compreensão do ato de brincar, existe um conjunto de afirmações que perpassa, de modo usual,

---

[1]. A publicação do original do presente texto deu-se em setembro de 2005, no site www.luckesi.com.br, hoje não mais disponível. O texto tinha como título "O brincar".

nosso cotidiano de adultos. Nesse contexto, é comum, aqui e acolá, dizermos ou ouvirmos dizer: "Agora, acabou a brincadeira; vamos trabalhar"; "Aqui não é lugar de brincadeira"; "Isso não é uma brincadeira..."; "Vocês estão brincando, mas é preciso levar isso a sério". Essas afirmações, assim como outras semelhantes, que os leitores podem conhecer, não fazem jus ao ato de brincar, que, por si, é tipicamente criativo e prazeroso.

Donald Winnicott, tratando do mundo infantil, aborda um fenômeno psicológico que nos ajuda a compreender, de modo adequado, o significado do brincar. É o fenômeno por ele denominado de *espaço potencial* que se dá entre a experiência subjetiva do ser humano e a sua expressão objetiva.

Ele denominou de fenômeno transicional aquilo que observou no trânsito de uma experiência subjetiva para a sua expressão objetiva, deixando claro que, no que se refere à criança, ela transita da "lei da mãe" (mundo subjetivo) para a "lei do pai" (mundo objetivo). Na compreensão do autor, esse trânsito, no espaço do mundo infantil, se dá através dos atos de brincar.

Brincar, no caso, significa agir lúdica e criativamente, de tal forma que na vida, dialeticamente, se possa seguir constituindo a passagem de um estado fusional com a mãe para um estado de independência, simbolicamente representado como o espaço paterno. Espaço materno e espaço paterno são fenômenos próprios da vida humana sem que se deva considerar um melhor que o outro. No seio das considerações de Winnicott, importa tanto o aconchego da

Ludicidade e atividades lúdicas na prática educativa   101

mãe, representado pela casa familiar, como o mundo externo e objetivo, representado pelo pai.

O espaço potencial entre a subjetividade e a sua expressão objetiva é o espaço no qual se dá a experiência ativa e criativa da criança, do adolescente, como também do adulto. É nesse espaço potencial que ocorre o brincar, como uma experiência lúdica própria da criança, mas também extensiva às fases da adolescência e da vida adulta, com as conotações que temos registrado no decurso dos capítulos deste livro. Todos brincam e podem brincar, certamente em conformidade com as características da idade de cada um, e, pois, com os seus processos de maturação e com os seus processos criativos. Todos transitam, pois, do subjetivo para o objetivo. Assim fazem as crianças que brincam em casa, nas ruas, nos parques; assim fazem também os adolescentes que, alegres e sorridentes, irrequietamente criam e recriam os seus dias; assim faz quem atua no âmbito da ciência em seus processos de investigação; de forma semelhante, agem artistas que trazem beleza à terra através de suas criações; também desse modo agem os criadores e as criadoras de artefatos tecnológicos... O ato de criar nos múltiplos campos da vida humana expressa o trânsito do mundo subjetivo para o mundo objetivo.

Nesse espaço potencial se dá aquilo que um ex-reitor da Universidade Federal da Bahia, o professor Felipe Serpa[2],

---

2. Felipe Serpa foi professor do Instituto de Física da Universidade Federal da Bahia, assim como Reitor dessa Universidade por dois mandatos, tendo falecido no ano de 2003.

denominava de "jogo-jogante", isto é, a vida em seu movimento criativo. O jogo-jogante — que pode encerrar-se ao final do seu próprio percurso e movimento, como também pode encerrar-se com uma criação material ou cultural — implica o prazer de jogar, seja no prazer do movimento do próprio jogo, seja produzindo um bem novo que pode se manifestar através de uma expressão material, cultural, científica... O jogo-jogante propicia a todos o prazer de estarmos juntos e jogar o jogo próprio das idades assim como das capacidades de cada um de nós. O jogo-jogante tem a ver com a criatividade, podendo até mesmo ser hilariante em variadas situações.

Os estudos de Johan Huizinga permitem-nos ajuizar que o jogo pode ser somente um entretenimento — um jogo-jogante — que, por si, não necessariamente se concretiza na busca de um bem específico. Outras vezes, porém, no seu espaço potencial, o jogo-jogante conduz a um resultado concreto, materialmente observável, que pode ser utilizado e reutilizado por cada um de nós ou por todos nós conjuntamente, tais como os resultados de uma investigação filosófica ou científica, um artefato tecnológico, uma metodologia científica específica, uma obra de arte plástica, uma trilha musical, um poema, um artístico frasco de vidro, um vaso, entre outras muitíssimas possibilidades. Afinal, a produção do conhecimento e a produção do útil, que, por si, sempre devem estar vinculados à beleza.

O brincar, compreendido nessa amplitude epistemológica, se expressa como um agir criativo no espaço potencial de todas as possibilidades, que são infinitas, cuja consequente expressão objetiva se manifesta em nosso cotidiano,

Ludicidade e atividades lúdicas na prática educativa

através da filosofia, das ciências, das artes em suas variadas conotações no âmbito das vivências humanas.

Os físicos quânticos usam a expressão "precipitar a realidade" para dizer que, entre as "infinitas possibilidades", uma delas se expressa, concretizando-se em nossa experiência cotidiana. Nesse sentido, precipitações ocorreram no passado, ocorrem no presente e ocorrerão no futuro.

Metaforicamente, poderíamos dizer que, das seis faces do dado, que representam as infinitas possibilidades da vida, uma delas se precipita. Ou seja, entre as possibilidades, somente um dos lados do dado cai com a face para cima. Essa situação representa o resultado do trânsito pelo espaço potencial. Afinal, as possibilidades são múltiplas e cada uma se realiza na sua vez. Esse trânsito das possibilidades à realidade, no contexto deste escrito, ocorre através do brincar sob suas múltiplas facetas.

Desse modo, brinca a criança, enquanto ser que se inicia na vida, assim como brinca o ser humano em cada fase da vida, com suas potencialidades, seus recursos e seus padrões de vida. Esse espaço criativo pode ser vivido ludicamente pelo entretenimento, pela criação artística, assim como pelas criações científicas, tecnológicas, literárias, culinárias, produtivas... O brincar, no caso, tem a ver com o uso criativo das possibilidades.

Há uma condição para que esse brincar seja efetivamente um brincar. Importa que o agir no espaço potencial seja efetivado "como um caminho que tenha coração", conforme expressão de Dom Juan, mestre Yaqui, nas obras de Carlos Castañeda. Sem coração e, pois, sem ludicidade, não há

104   Cipriano Carlos Luckesi

caminho saudável. O brincar é isso! É criatividade para o bem de todos e para a beleza do mundo.

2. Brincar e seriedade[3]

Frente ao desejo de ampliar as possibilidades de compreensão do conceito de ludicidade, a seguir, iremos nos dedicar à compreensão do conceito, comum em nosso cotidiano, de *seriedade*.

Sempre que utilizamos do termo "sério", de maneira comum, ele vem carregado de conotações tais como "sisudo", "alguma coisa que deve ser realizada com esforço", ou coisa parecida. Nesse contexto, certamente que qualquer experiência que traga riso, prazer, alegria será considerada não séria.

Então, no âmbito do senso comum, a "conduta séria" aparece como sendo oposta à conduta alegre, prazerosa, leve, sorridente. "Sério", nesse contexto, é assumido como "algo pesado" em termos de conduta. Contudo, de modo adequado, poderíamos e deveríamos configurar o sério como aquilo que é cuidadoso.

Sério será, pois, o oposto de leviano, de superficial, porém não o oposto de leve e de prazeroso. *Leviano* e *leve* são qualidades completamente diferentes; *leviano* equivale à superficial e *leve* refere-se a alguma coisa que é, ao mesmo tempo, essencial, prazerosa e alegre. Então, o título deste texto seria "Brincar e conduta cuidadosa". Assumido dessa

---

3. A publicação original do presente texto deu-se em outubro de 2005 através do *site* www.luckesi.com.br, hoje não mais disponível.

Ludicidade e atividades lúdicas na prática educativa

forma, o brincar será uma atividade tão cuidadosa quanto qualquer outra atividade do ser humano que seja considerada cuidadosa e criativa.

Essa compreensão levar-nos-á a não utilizar expressões para designar o ato de brincar, como aquelas que relembramos no tópico anterior deste capítulo. E, neste caso, o ato de brincar será sério desde que profundo.

Quando a criança brinca, sua brincadeira tem a profundidade de quem se dedica a construir e cuidar do mundo, o mundo que é significativo para si, na idade e nas circunstâncias evolutivas que está atravessando. Poder-se-á dizer o mesmo em relação ao ser humano em suas diversas faixas etárias. Afinal, cada ser humano praticará atividades lúdicas em compatibilidade com sua idade, realizando a sua *poiésis*, sua criatividade. O ato de brincar será um ato de cuidar da existência pessoal de forma criativa, alegre, podendo até mesmo ser hilariante, com as especificidades de cada idade e de cada circunstância da vida.

Profundidade, aqui, traz leveza, conceito diverso de leviandade. *Leveza* tem a ver com o contato significativo conosco, com o nosso ser, com o nosso destino. O que é profundo, nesse contexto de compreensão, é leve, e, pois, diverso de pesaroso.

O brincar da criança será diverso do brincar em outras faixas de idade, pois cada idade tem suas características psicossociais próprias, assim como possibilidades diferenciadas de compreender e de agir, o que implica o criar, o vivenciar e o experimentar os resultados de sua *poiésis* pessoal e coletiva.

Existe, pois, a *poiésis* própria de cada uma das faixas de idade tomadas ao mesmo tempo de forma cronológica, psicológica e evolutiva. Uma criança não pode produzir a sua *poiésis* à semelhança da *poiésis* de pessoas situadas em faixas etárias com mais idade. O inverso é possível, desde que as idades e fases de maturação tenham seguido o seu transcurso existencial caracterizado como normal. No caso, um adulto ou um adolescente tem a possibilidade de brincar como as crianças brincam, ainda que isso nem sempre seja adequado.

Nesse sentido, quem vive bem cuida de si, de sua existência, de suas relações com as pessoas e com o meio ambiente; também cuida dos outros e do meio em que vive. Brincar o tempo todo, nesse contexto, significa estar atento à sua *poiésis*, em conformidade com a sinalização realizada no tópico anterior deste capítulo. Desse modo, não haverá o momento de "acabar a brincadeira para iniciar o trabalho". Haverá, sim, o brincar *na* e *com* a vida, que nada mais será do que viver de modo criativo na infância, na adolescência e na vida adulta. A respeito disso, Fernando Pessoa, no seu poema *O Guardador de Rebanhos*, belamente nos disse:

> *Ao anoitecer brincamos as cinco pedrinhas*
> *No degrau da porta de casa,*
> *Graves como convém a um deus e a um poeta,*
> *E como se cada pedra*
> *Fosse todo um universo*
> *E fosse por isso um grande perigo para ela*
> *Deixá-la cair no chão.*
>
> ...
>
> *Afinal, prazer e responsabilidade plenos no brincar,*
> *Seguindo pelos caminhos da vida!*

3. A criança e sua *poiética*[4]

As crianças brincam e, desde que chegadas ao mundo, têm a possibilidade de ver, se movimentar, sorrir, chorar, comunicar-se... e, desse modo, crescem. Já no útero materno, iniciam a fazer seus movimentos, procurando conforto. Após o nascimento, todos os seus gestos expressam o caminho *da* e *para* a vida.

Jean Piaget, como vimos em capítulo anterior deste livro, usou a expressão "jogos de exercícios" para denominar o fato das crianças, desde o seu nascimento, servirem-se de seus mais variados movimentos no processo de constituição de si mesmas. No caso, no decurso da vida, os movimentos se multiplicam aos milhares. No início, apresentam dificuldades, mas, aos poucos, com os recursos do crescimento e com as habilidades sucessivamente adquiridas através das atividades repetidas, que se tornam habituais, as crianças se constituem e foi dessa forma que nós — hoje adultos — nos constituímos. Podemos também pensar nos movimentos anteriores ao nascimento, dentro do útero materno. Afinal, movimentos.

O espaço potencial entre o subjetivo e o objetivo vai sendo ultrapassado e integrado através daquilo que Donald Winnicott denominou de fenômeno transicional, já sinalizado em tópico anterior deste capítulo. Transição que vai sendo efetuada pelas múltiplas experiências *poiéticas* de cada criança através de suas múltiplas catarses como criação do

---

4. A publicação original deste texto ocorreu em novembro de 2005 no *site* www.luckesi.com.br, hoje não mais disponível.

novo através da ação nas suas mais variadas nuances, que vão desde as experiências materiais até as sutis e espirituais. As crianças gostam das histórias, sejam aquelas estruturadas, que contamos e repetimos, sejam aquelas que elas inventam, como também aquelas que nós adultos inventamos. As crianças envolvem-se com as histórias. Não encontramos crianças que não gostem de histórias. Todas gostam e mantêm o desejo constante de ouvi-las e... ouvi-las novamente... e novamente... e novamente... São incansáveis na escuta das histórias, sejam elas novas ou repetidas.

Elas criam e recriam o mundo a partir da fantasia. São muitos os entendimentos que nascem das histórias. Elas abrem as portas para as possibilidades de agir criativamente, possibilitando criar seu mundo pessoal a partir da própria fantasia. Então, as crianças criam suas próprias histórias, assim como criam o mundo segundo sua imaginação. Vivem *o* e *no* mundo criado desse modo e constantemente recriado.

A esse período, Jean Piaget deu a denominação de pré--operatório. Nesse espaço de tempo, as crianças operam com "tudo", pois que tudo no seu contexto de vida se organiza conforme sua imaginação. Pedaços de pau transformam-se em carros, ônibus, cercas, casas, aviões e o que mais se quiser. Não há limite para as possibilidades da fantasia e do "fazer de conta".

Essa é a *poiética* predominante entre os dois, os cinco, os seis ou sete anos de idade. De criação em criação, o mundo interno da criança se organiza e se personaliza, estabelecendo uma ponte entre o mundo interior e o mundo exterior. Afinal, transitando do princípio do prazer para o princípio da realidade, na expressão de Freud. Devagarinho e com as dificuldades próprias e naturais da idade, as crianças seguem processando um movimento para o universo da realidade. Então, prazer e realidade se constituem em um todo.

Ao menos assim deve ser, caso não se lhes imponha o olhar de que a vida, para ser vivida, necessita passar pelos desprazeres. Infelizmente, no decurso de nossas vidas, ouvimos por múltiplas vezes a afirmação de que "tudo o que é fácil não vale a pena".

De um modo sagrado e profundo, cada uma das crianças realiza seus gestos e suas brincadeiras como se a sobrevivência pessoal e a sobrevivência do mundo dependessem delas. Não há divisão interna nesses gestos e atos; uma entrega total a cada experiência. Parece ser tão pouco. Mas o "mundo é feito assim", de coisas simples. É *poiético*. A simplicidade está na base, vinculada à fonte de nossa vida.

As crianças, por estarem próximas disso, vivenciam tudo de forma alegre e, ao mesmo tempo, grave; por isso, profundas e leves. Essa é a *poiética* da criança, o seu brincar que pode e deve permanecer sempre como uma fonte para todos nós, que seguimos nossos caminhos pela adolescência e pela vida adulta. Na intimidade dessa compreensão, deixamos novamente quem nos lê e a nós mesmos com Fernando Pessoa no poema O *Guardador de Rebanhos*, o que é bastante!

O Menino Jesus adormece nos meus braços
E eu levo-o nos meus braços para casa.

....

A Criança Nova que habita onde vivo
Dá-me uma mão a mim
E outra a tudo o que existe

E assim vamos os três pelo caminho que houver,
Saltando, cantando e rindo
E gozando nosso segredo comum
Que é o de saber por toda parte
Que não há mistério no mundo
E que tudo vale a pena.

....

Ao anoitecer brincamos as cinco pedrinhas
No degrau da porta de casa
Graves como convém a um deus e a um poeta,
E como se cada pedra
Fosse todo um universo
E fosse por isso um grande perigo para ela
Deixá-la cair no chão.

Depois eu conto-lhe histórias das cousas só dos homens
E ele ri, porque tudo é incrível.
Ri dos reis e dos que não são reis,
E tem pena de ouvir falar das guerras,
E dos comércios e dos navios
Que ficam fumo no ar dos altos-mares.
Porque ele sabe que tudo isso falta àquela verdade
Que uma flor tem ao florescer
E que anda com a luz do sol
A variar os montes e os vales
E a fazer doer os olhos os muros caiados.

Depois ele adormece e eu deito-o.
Levo-o ao colo para dentro de casa
E deito-o, despindo-o lentamente

E como seguindo um ritual muito limpo
E todo materno até ele estar nu.

Ele dorme dentro de minha alma
E às vezes acorda de noite
E brinca com os meus sonhos.
Vira uns de pernas para o ar,
Põe uns em cima dos outros
E bate as palmas sozinho
Sorrindo para o meu sonho.

Quanto eu morrer, filhinho,
Seja eu a criança, o mais pequeno.
Pega-me tu ao colo
E leva-me para dentro de tua casa.
Despe o meu ser cansado e humano
E deita-me na tua cama.
E conta-me histórias, caso eu acorde,
Para eu tornar a adormecer
E dá-me sonhos teus para eu brincar
Até que nasça qualquer dia
Que tu sabes qual é.

4. O brincar do adolescente e sua *poiética*[5]

No tópico anterior, explicitamos com Winnicott que brincar como "fenômeno transicional" tem a ver com cria-

---

5. O original do presente texto foi publicado em dezembro de 2005 no *site* www.luckesi.com.br, hoje não mais disponível.

tividade no processo de trânsito do mundo subjetivo para o mundo objetivo.

A *poiética* de cada um de nós — própria de cada uma das idades — tem a ver com a expressão da autocriação, assim como com a criação do mundo à nossa volta. Brincar é uma experiência de criar. Há, pois, um brincar da criança, assim como um brincar próprio de cada idade, como já sinalizamos.

Nos tópicos anteriores deste capítulo, dedicamo-nos em especial ao brincar da criança, mas também ao brincar próprio das outras faixas etárias. No presente tópico, dedicar-nos-emos de modo mais específico ao brincar dos adolescentes.

Na adolescência, temos os seres em crescimento. Com o avanço das ciências neurológicas e com os recursos hoje disponíveis de investigação por imagens, tem-se descoberto que o cérebro se movimenta e cresce até o final desse período de vida[6]. E, aquilo que caracteriza a vida no período da adolescência é a descoberta do mundo para além dos contornos da família e de sua relação com ela.

Na adolescência, o corpo se movimenta em crescimento rápido, de tal forma que o próprio sistema nervoso de cada um não dá conta de acompanhar esse movimento de modo imediato. Em razão dessa característica, por múltiplas vezes, os adolescentes derrubam objetos que não deveriam derrubar, quebram outros que não deveriam quebrar, expressam juízos que supostamente não deveriam expressar.

---

6. Ver o livro *O cérebro em transformação*, de Suzana Herculano-Houzel. Rio de Janeiro: Editora Objetiva, 2005.

Ocorre que o sistema nervoso no período da adolescência ainda não deu conta de administrar todo o seu crescimento. Os braços cresceram de modo rápido e, aparentemente, são longos demais; a voz, a caminho do amadurecimento, produz gaitadas; e a compreensão mental está se abrindo para o entendimento das múltiplas situações novas que se lhes apresentam.

Assim sendo, o adolescente apresenta-se como ser irrequieto. Suas atividades lúdicas têm a ver com suas características biopsicológicas. Por vezes, nós adultos não temos tolerância suficiente para compreender os modos de ser próprio da adolescência. E, nesse contexto, no cotidiano, chegamos até mesmo a cunhar um termo pejorativo para essa fase da vida — "aborrecência". Termo que, por si, não deveria ser utilizado, nem mesmo por uma possível jocosidade.

Só a abertura do coração nos permite compreender que já fomos exatamente dessa forma — irrequietos, *supostamente* desastrados, fora do prumo... — e, então, tomando consciência dessa fenomenologia, podemos e devemos acolher os adolescentes como eles são, cientes de que essa fase faz parte da abertura para o mundo e se processará na direção da vida adulta, como ocorreu com cada um de nós.

Desse modo, os seres humanos que se encontram nessa faixa de idade brincarão com as características próprias da sua faixa etária. Seus brincares e suas atividades diante da vida e frente aos relacionamentos serão completamente diferentes dos brincares e das atividades da criança que um dia já foram e também diferentes dos adultos que, um dia, serão.

Existem pré-adolescentes que se autodenominam de "pré". "Sou pré", dizem eles. Ou seja, os adolescentes têm consciência de que se encontram em processo de uma nova fase em sua vida pessoal e que ela é diferente da fase infantil, que já ultrapassaram, assim como da fase adulta, que ainda virá.

Desse modo, a *poiética* do adolescente tem seu modo próprio de ser, assim como seus brincares serão próprios de sua faixa etária. Brinquedos e brincadeiras que exigem movimento, seja ele no corpo, na fala ou nas relações interpessoais.

Um ato lúdico, por si, traz contato consigo mesmo e, em consequência, alegria. A irrequietude natural, própria da adolescência, própria do seu crescimento, conduz ao movimento constante.

Nas relações educativas, atuando com adolescentes, necessitamos servir-nos de nosso estado de adultos, de tal forma que possamos oferecer-lhes suporte, tendo em vista estarem aprendendo o seu caminho para a vida adulta. Dialogar implica na possibilidade da escuta, como da fala, tendo em vista construir um modo de ser saudável para si e para todos ao mesmo tempo.

Quando falamos no brincar do adolescente, não podemos pensar no brincar da criança, sob pena de estarmos infantilizando sua compreensão, seu modo de ser e de agir, como também não podemos pensar no brincar do adulto, uma vez que estaríamos exigindo de quem chegou à adolescência mais do que pode dar.

As atividades lúdicas no decurso da adolescência deverão ser, pois, compatíveis com o seu nível de desen-

Ludicidade e atividades lúdicas na prática educativa

volvimento neural, mental e psicológico. Desejar e propor que adolescentes brinquem como uma criança significa infantilizá-los, o que, por si, não impedirá que, aqui e acolá, cada um retome uma ou outra das brincadeiras infantis, afinal, "quem pode o mais pode o menos", porém esta não será nem deverá ser sua regra de vida. Por outro lado, não podemos desejar que adolescentes atuem como adultos. Afinal, são adolescentes.

No nosso lugar de profissionais da educação, necessitamos possibilitar aos nossos adolescentes uma educação que seja significativa e compatível com sua idade e suas características. Só dessa forma a educação poderá ser lúdica, incluindo aí atividades de entretenimento assim como atividades de autocompreensão, de autoconstrução e de compreensão da realidade na qual vivem geográfica, histórica e socialmente. Deverão ser atividades que possibilitem o contato com a profundidade da sua alma. Necessitam dessa experiência, o mundo está aberto à sua busca de compreensão.

Os adolescentes são generosos! Importa, pois, dar-lhes suporte para que façam contato consigo mesmos, dando forma à sua capacidade generosa de ser. Desse modo, tanto a educação como a *poiética dos* adolescentes serão lúdicas; processo de autoconstrução a partir de si mesmos.

Educadores, na relação pedagógica, poderão e deverão agir ludicamente com os adolescentes. Deverão, pois, brincar com eles, mas sem agir como um adolescente entre adolescentes. Os adolescentes necessitarão manter o seu lugar de adolescentes, como os adultos necessitarão manter o seu lugar correspondente e adequado. Através de contatos com adultos amorosos, os adolescentes aprenderão a servir-se de sua vitalidade a favor da vida.

O ato de brincar do adolescente subsidia e subsidiará sua autoconstrução e a construção de sua *poiética*. Importa, pois, oferecer-lhes suporte em sua jornada pela vida.

5. Concluindo

Em síntese, todos brincam, brincadeiras compatíveis com a faixa etária de cada um. Brincam as crianças, brincam os adolescentes, brincam os adultos, brincam os idosos, porém cada um em compatibilidade com sua idade e com o padrão de conduta próprio de sua faixa etária. Os adultos poderão brincar com as brincadeiras de crianças, porém sem se infantilizarem; mas, ao contrário, as crianças, por serem crianças, não poderão brincar com os brincares dos adultos que exigem recursos próprios de compreensão e condutas. Todos podem brincar, porém sempre tendo tendo presente as nuances de cada faixa etária.

Capítulo 7

Ludopedagogia: programa de estudos*

Apresentamos, a seguir, um Programa de Estudos sobre Educação e Ludicidade, registrando o conteúdo e a bibliografia específica para cada um dos temas tratados.

O Programa apresentado foi oferecido aos estudantes da Pós-Graduação em Educação, Faculdade de Educação, Universidade Federal da Bahia (UFBA), entre os anos de 1998 e 2010. Anterior a esse período, entre os anos de 1992 e 1997, no mesmo Programa Universitário, foram oferecidas disciplinas esparsas e isoladas a respeito da temática da ludicidade.

O Programa de Estudos, oferecido no referido período entre o ano de 1998 e o ano de 2010, estava composto por

---

* As indicações bibliográficas que se seguem se encontram em texto publicado *Cadernos de Pesquisa* do Núcleo de Filosofia e História da Educação, do Programa de Pós-Graduação em Educação, FACED/UFBA, v. 3, n. 1, 1999, p. 114-131. No decurso do presente capítulo, será reproduzida exclusivamente a indicação bibliográfica que consta do referido Programa.

três Disciplinas Optativas[1], oferecidas uma a cada semestre letivo, reiniciando o ciclo a cada três semestres, sempre praticando aulas teórico-vivenciais. As disciplinas oferecidas tinham as denominações e os conteúdos que se seguem:

Ludopedagogia I — Atividades lúdicas e desenvolvimento psicológico do ser humano, da infância à maturidade;

Ludopedagogia II — Atividades lúdicas, compreensão e integração sociocultural do ser humano;

Ludopedagogia III — Atividades lúdicas e prática educativa[2].

Através da oferta dessas três disciplinas, segundo nosso ver, estariam sendo atendidas as três grandes áreas de formação e atuação do educador que coloca a ludicidade como seu centro de atenção na prática educativa.

A seguir, os leitores encontrarão recursos bibliográficos específicos para cada uma das disciplinas acima registradas, subsidiando um possível caminho de estudos e aprendizagens pessoais no que se refere à investigação, à formação pessoal e ao atendimento aos estudantes no seio da prática de uma educação lúdica.

Os títulos dos livros registrados, a seguir, não foram estabelecidos para uma leitura obrigatória por parte de todos os estudantes, mas sim uma indicação específica de orientação

---

1. A denominação "Disciplina Optativa" no âmbito do Currículo de Pós-Graduação em Educação/UFBA expressa o fato de que frequentá-la depende de uma escolha livre e pessoal do estudante.

2. Em anexo, estão três Programas relativos às disciplinas Ludopedagogia I, II, III. O leitor poderá cotejá-los, ciente de que, a cada uma de suas realizações em sala de aula, eles sofriam pequenos ajustes. Porém, o leitor poderá verificar o tipo de abordagem praticada nas disciplinas citadas.

para leituras sobre a temática em estudo no decurso das aulas relativas a cada uma das três disciplinas, acima registradas.

DESCRITIVA DAS DISCIPLINAS OFERECIDAS AOS ESTUDANTES E BIBLIOGRAFIA UTILIZADA NO ENSINO-APRENDIZAGEM

1. Ludopedagogia I

Na disciplina Ludopedagogia I, estudávamos o desenvolvimento psicológico do ser humano da infância à maturidade, compreendendo os processos psicossomáticos e sociais dessa trajetória, tanto sob a ótica individual como sob a coletiva.

O suporte teórico utilizado para os estudos no âmbito dessa disciplina estava assentado nos autores: Sigmund Freud, Jean Piaget, Melanie Klein, Donald W. Winnicott, Bruno Bettelheim, André Lapierre, Arminda Aberastury, Henri Wallon. Esses pesquisadores não eram estudados como autores específicos em si mesmos, mas seus escritos eram utilizados de forma conjunta como fornecedores de subsídios para a compreensão do ser humano que pode e, no ver deste autor, deve desenvolver-se de maneira lúdica.

Para os estudos no âmbito dessa disciplina, foram utilizados os autores e os livros a seguir registrados. No caso, não foram levadas em consideração as diferenças filosóficas entre os autores, mas sim as semelhanças. Essa disciplina estava centrada em três focos de abordagem a respeito do desenvolvimento do ser humano, ao qual poderiam subsidiar as atividades lúdicas: foco psicoafetivo, foco psicomotor e foco cognitivo.

a) Livros relativos aos fundamentos epistemológicos utilizados

WILBER, Ken. *Espectro da consciência*. São Paulo: Editora Pensamento, 1990.

WILBER, Ken. *Uma breve história do universo*: de Buda a Freud, religião e psicologia unidas pela primeira vez. Rio de Janeiro: Editora Nova Era, 2000.

WILBER, Ken. *O olho do espírito*. São Paulo: Editora Cultrix, 2001.

WILBER, Ken. *União da alma e do espírito*. São Paulo: Editora Cultrix, 2001.

b) Livros relativos ao aspecto psicoafetivo

ABERASTURY, Arminda. *A criança e seus jogos*. 2. ed. Porto Alegre: Artes Médicas, 1992.

ABERASTURY, Arminda. *Psicanálise da criança*: teoria e prática. Porto Alegre: Artes Médicas, 1992.

BETTELHEIM, Bruno. *Uma vida para seu filho*: pais bons o bastante. Rio de Janeiro: Editora Campus, 1998.

FREUD, Sigmund. *Edição standart das Obras Completas de Sigmund Freud*. Rio de Janeiro: Imago Editora, 1974.

KLEIN, Melanie. *Obras Completas de Melanie Klein*. Rio de Janeiro: Imago Editora, v. I, publicado em 1996, v. II, publicado em 1997, v. III, publicado em 1991, v. IV, publicado em 1994.

WINNICOTT, Donald W. *O brincar e a realidade*. Rio de Janeiro: Imago Editora, 1975.

Ludicidade e atividades lúdicas na prática educativa 121

c) Livros relativos ao desenvolvimento psicomotor

LAPIERRE, André. *Psicanálise e análise corporal da relação*: semelhanças e diferenças. São Paulo: Editora Lovise, 1997.

LAPIERRE, André; AUCOUTURIER, Bernard. *Fantasmas corporais e prática psicomotora*. São Paulo: Editora Manole, 1984.

LAPIERRE, André; AUCOUTURIER, Bernard. *A simbologia do movimento*. Porto Alegre: Artes Médicas, 1986.

LAPIERRE, André; AUCOUTURIER, Bernard. *Bruno:* psicomotricidade e terapia. Porto Alegre: Artes Médicas, 1986.

LE BOULCH, Jean. *O desenvolvimento psicomotor (0 a 6 anos)*. Porto Alegre: Artes Médicas, 1982.

LEBOULCH, Jean. *A educação psicomotora*. Porto Alegre: Artes Médicas, 1984.

d) Livros relativos ao desenvolvimento cognitivo

PIAGET, Jean. *A formação do símbolo na criança*: imitação, jogo e sonho, imagem e representação. 2. ed. Rio de Janeiro: Zahar Editora, 1971.

PIAGET, Jean. *O juízo moral na criança*. São Paulo: Summus Editorial, 1994.

WALLON, Henri. *As origens do pensamento na criança*. São Paulo: Editora Manole, 1989.

WALLON, Henri. *As origens do caráter na criança*. São Paulo: Difel, 1995.

e) Obras gerais sobre o brinquedo e o desenvolvimento do ser humano

BOMTEMPO *et al. Psicologia do brinquedo*. São Paulo: Editora Nova Stella, 1986.

ELKONIN, Daniil B. *Psicologia do jogo*. São Paulo: Livraria Martins Fontes, 1998.

LEBOVICI, S.; DIATKINE, R. *Significado e função do brinquedo na criança*, 3. ed. Porto Alegre: Artes Médicas, 1998.

2. Ludopedagogia II

Na disciplina Ludopedagogia II, estudávamos o ser humano na sua experiência sociocultural, tendo por objetivo propiciar aos estudantes condições teóricas e práticas para compreender as atividades lúdicas em suas raízes histórico-sociais.

Para esse estudo, eram utilizadas as contribuições de autores como Johan Huizinga, com sua filosofia da cultura; Carlos Cossio, com sua teoria dos objetos culturais; Marx e Engels, com sua compreensão de que o ser humano se constitui através da ação (trabalho); David Boadella e Ken Wilber, com suas compreensões sobre o ser humano e a respeito das áreas de conhecimento; Phillipe Ariès, com os estudos sobre a história do brinquedo; Walter Benjamin, com as investigações histórico-sociais sobre o brincar e os brinquedos; Giles Brougère, com os estudos sociológicos sobre o brincar; Tizuko Morchida Kishimoto, com os estudos sobre os jogos infantis no Brasil; Câmara Cascudo, com as investigações socioculturais sobre as atividades folclóricas no Brasil, incluindo brinquedos e brincares; Gilberto Freire, com os estudos sobre nossas heranças étnicas e socioculturais. Para os estudos nessa disciplina universitária, fora utilizada a bibliografia que se segue, configurada através de categorias socioculturais que auxiliam tanto a prática da investigação quanto a utilização dos brincares e dos brinquedos na prática educativa.

Ao tratar dos conteúdos dessa disciplina, é importante ter presente que, naquilo que se refere às atividades lúdicas do passado, ao vivenciá-las, há necessidade de ressignificá-las no contexto do presente através da experiência simbólica. Assim, por exemplo, a brincadeira dos "Quatro cantinhos", do ponto de vista histórico-social, representa a caça primitiva, mas, nos brincares do presente, trabalha psicossocialmente as possibilidades e as aprendizagens relativas à utilização do espaço assim como relativas ao confronto com os seus perigos. Aprender a administrar essas experiências no nível simbólico é o caminho para aprender a conviver com elas no mundo real.

a) Livros sobre a história do brinquedo e as heranças socioculturais

ARIÈS, Philippe. *História social da criança e da família*. Rio de Janeiro: Editora Guanabara, 1981.

AZEVEDO, Fernando de. *A cultura brasileira*. São Paulo: Ed. Editora Nacional, 1971.

CASCUDO, Luís da Câmara. *Dicionário de folclore brasileiro*. São Paulo: Editora da Universidade de São Paulo, 1984.

BENJAMIN, W. *Reflexões*: a criança, o brinquedo, a educação. São Paulo: Summus Editorial, 1984.

OLIVEEIRA, Paulo S. *Os melhores jogos do mundo*. São Paulo: Editora Abril, 1978.

OLIVEEIRA, Paulo S. *Brinquedos e indústria cultural*. Petrópolis: Editora Vozes, 1986.

KISHIMOTO, Tizuko M. *O jogo e a educação infantil*. São Paulo: Pioneira Editora, 1994.

KISHIMOTO, Tizuko M. *Jogos tradicionais infantis*. Petrópolis: Editora Vozes, 1993.

RODRIGUES, Ana Augusta. *Rodas, brincadeiras e costume*. Rio de Janeiro: Funarte — Pró-Memória, MEC, 1976.

b) Bibliografia geral a respeito do tratamento dado à temática da disciplina Ludopedagogia II

BROUGÈRE, Gilles. *Brinquedo e cultura*. São Paulo: Cortez Editora, 1995.

BROUGÈRE, Gilles. *Jogo e educação*. Porto Alegre: Artes Médicas, 2003.

COSSIO, Carlos. *La teoria egologica del derecho*. Buenos Aires: Espasa-Calpe, 1963 (exclusivamente a teoria dos objetos).

BENJAMIN, Walter. *Magia e técnica, arte e política*. São Paulo: Editora Brasiliense, 1994.

HUIZINGA, Johan. *Homo ludens*. São Paulo: Editora Perspectiva, 1989.

OLIVEIRA, Paulo S. *O que é brinquedo*. São Paulo: Editora Brasiliense. 1984. Coleção Primeiros Passos.

3. Ludopedagogia III

Na disciplina Ludopedagogia III, estudávamos o educador, o educando e as atividades lúdicas como mediações para ensinar, aprender e desenvolver-se. Para esses estudos, nos servíamos de conhecimentos provenientes de Sigmund Freud, Wilhelm Reich, Jean Piaget, Henri Wallon, David Boadella, Paulo Freire, Stanley Keleman, Jean Chateau, entre outros, que nos ofereceram compreensões a respeito das atividades lúdicas. David Boadella, Stanley Keleman, Jean Piaget e Henri Wallon nos ofereceram excelentes estudos a respeito do educando e seu processo de desenvolvimento.

Essa disciplina estava centrada na educação lúdica em termos de trabalhar a relação educador-educando nesse âmbito de prática educativa. Estudávamos, então: o educador, o educando e as práticas educativas lúdicas que pudessem ser utilizadas metodologicamente no exercício do ensino desse referido conteúdo.

a) Material bibliográfico para compreender o educador e seu papel pedagógico

BETELHEIM, Bruno. *A fortaleza vazia*. São Paulo: Livraria Martins Fontes, 1987.

BOADELLA, David. *Correntes da vida*: introdução à Biossíntese. São Paulo: Summus Editorial, 1992.

FREIRE, Paulo. *Pedagogia do oprimido*. Rio de Janeiro: Editora Paz e Terra, 1970.

FREIRE, Paulo. *Extensão ou comunicação*. Rio de Janeiro: Editora Paz e Terra, 1977.

b) Material bibliográfico para compreender o educando: corpo, emoção, sentimento e razão

BOADELLA, David. *Correntes da vida*. São Paulo: Summus Editorial, 1992.

KELEMAN, Stanley. *Anatomia emocional*. São Paulo: Summus Editorial, 1992.

KELEMAN, Stanley. *Amor e vínculos*: uma visão somático-emocional. São Paulo: Summus Editorial, 1996.

KELEMAN, Stanley. *Padrões de distresse*. São Paulo: Summus Editorial, 1993.

REICH, Wilhelm. *A função do orgasmo*. São Paulo: Editora Brasiliense, 1992.

REICH, Wilhelm. A linguagem expressiva da vida. *In*: REICH, Wilhelm. *Análise do caráter*. São Paulo: Livraria Martins Fontes, 1989.

c) Material bibliográfico a respeito da prática lúdica em educação

AZEVEDO, Maria Verônica Rezende de. *Jogando e construindo matemática*. São Paulo: Editora Unidas, 1993.

AGOSTINI, Franco. *Juegos de lógica y matemáticas*. Madri: Editora Pirámide, 1998.

CHATEAU, Jean. *O jogo e a criança*. São Paulo: Summus Editorial, 1987.

KAMMI, Constance; DEVRIES, Rheta. *Jogos em grupo na educação infantil*: implicações da teoria de Piaget. São Paulo: Trajetória Cultural, 1991.

ROSAMILHA, Nelson. *Psicologia do jogo e aprendizagem infantil*. São Paulo: Editora Pioneira, 1979.

WAJSKOP, Gisela. *Brincar na pré-escola*. São Paulo: Cortez Editora, 1995.

d) Catálogos de jogos, brinquedos e brincadeiras

ALLUÉ, Joseph M. *O grande livro dos jogos*. Belo Horizonte: Editora Leitura, 1999.

ALMEIDA, Theodora Maria Mendes (coord.). *Quem canta seus males espanta*. São Paulo: Editora Caramelo, 1998.

BRANDÃO, Helena; FROESELER, Maria das Graças. *O livro dos jogos e das brincadeiras para todas as idades*. Belo Horizonte: Editora Leitura, 1998.

BRENELLI, Rosely Palermo. *O jogo como espaço para pensar*: a construção de noções lógicas e aritméticas. Campinas: Editora Papirus, 1996.

BROICH, Josef. *Jogos para crianças*: mais de cem brincadeiras com movimento, tensão e ação. São Paulo: Edições Loyola, 1996.

ROSA, Sanny S. da. *Brincar, conhecer, ensinar*. São Paulo: Cortez Editora, 1982.

TUTTLE, Cheryl Gerson; PAQUETE, Penny. *Invente jogos para brincar com seus filhos*. 3. ed. São Paulo: Edições Loyola, 1995.

As indicações bibliográficas aqui mencionadas são suficientes para um estudo consistente sobre as atividades lúdicas do ponto de vista conceitual, como também do ensino.

Importa que cada um de nós que assumamos atuar com as atividades lúdicas no ensino use a bibliografia anteriormente exposta como referencial. Não necessariamente devemos segui-la de forma absoluta. Ela representa o referencial teórico utilizado nas disciplinas oferecidas no Programa de Pós-Graduação citado, contudo caberá a cada professor(a) identificar e selecionar a bibliografia que responda às suas necessidades. O referencial anteriormente exposto registra a bibliografia utilizada nas três disciplinas citadas, que podem e devem sofrer os ajustes que se fizerem importantes frente às necessidades emergentes e próprias de cada situação.

Capítulo 8

Bibliografia geral

A seguir, o leitor encontrará uma Bibliografia Geral a respeito das abordagens teóricas e das práticas educativas sob as óticas das atividades lúdicas e da ludicidade.

Enquanto, no capítulo anterior, referenciamos bibliografia específica para os conteúdos abordados nos três Programas de Ensino referenciados na Introdução deste livro e em seus capítulos — Ludopedagogia I, II, III —, no que se segue, há uma Bibliografia Geral sobre a temática abordada na presente publicação, como um todo, permitindo que o leitor, se o desejar, identifique recursos para seus estudos pessoais e possíveis usos pedagógicos.

Importa observar que a bibliografia indicada para cada uma das três disciplinas — Ludopedagogia I, II, III —, reportadas no capítulo anterior, está incluída nesta Bibliografia Geral.

A referência bibliográfica indicada a seguir está ordenada alfabeticamente e toma por base o sobrenome dos autores. No caso, o leitor poderá escolher os autores e as respectivas publicações que interessem para seus estudos pessoais e possíveis usos em uma prática de ensino.

A

ABERASTURY, Arminda. *A criança e seus jogos.* Porto Alegre: Artes Médicas, 1992.

ABERASTURY, Arminda. *Psicanálise da criança:* teoria e técnica. Porto Alegre: Artes Médicas, 1992.

ABERASTURY, Arminda. *Abordagens à psicanálise de crianças.* Porto Alegre: Artes Médicas, 1996.

ABRAMOVICH, Fanny. *O estranho mundo que se mostra a criança.* São Paulo: Summus Editorial, 1983.

ABRAMOVICH, Fanny. *O mito da infância feliz.* São Paulo: Summus Editorial, 1983.

AFLALO, Maria Cecília M. C. *O brinquedo interessa a muita gente.* Dissertação de Mestrado. PUC/SP: São Paulo, 1988.

AGOSTINI, Franco. *Juegos de logica y matemáticas.* Madrid: Editora Pirámide, 1987.

ALLUÉ, Joseph M. *O grande livro dos jogos.* Belo Horizonte: Editora Leitura, 1999.

ALMEIDA, Theodora Maria Mendes (coord.). *Quem canta seus males espanta.* São Paulo: Editora Caramelo, 1998.

ANDRADE, Cyrce M. R. Junqueira de. *Em busca do tesouro:* um estudo sobre o brincar na creche. Dissertação de Mestrado no Programa de Psicologia da Educação da PUC/SP, São Paulo, PUC/SP, 1991.

ARFOULLOX, Jean Claude. *A entrevista com a criança*: abordagem da criança através do diálogo, brinquedo e do desenho. Rio de Janeiro: Jorge Zahar Editor, 1980.

ARIÉS, Philippe. *História social da criança e da família*. Rio de Janeiro: Editora Guanabara, 1981.

AZEVEDO, Fernando de. *A cultura brasileira*. São Paulo: Ed. Nacional, 1971.

AZEVEDO, Maria Verônica Resende de. *Jogando e construindo matemática*. São Paulo: Editora Unidas, 1993.

AXLINE, Virginia Mae. *Ludoterapia*. Belo Horizonte: Editora Interlivros, 1983.

AXLINE, Virginia Mae. *DIBS em busca de si mesmo*. Rio de Janeiro: Editora Agir, 1992.

B

BALLY, G. *El juego como expresión de libertad*. Mexico: Fondo de Cultura Economica, 1964.

BANDET, Jeane; SARAZANS, Rejane. *A criança e os brinquedos*. Lisboa: Editora Estampa, 1973.

BARBOSA, Ana Mae. *Recorte e colagem*. São Paulo: Cortez Editora, 1982.

BENJAMIN, Walter. *Reflexões*: a criança, o brinquedo, a educação. São Paulo, Summus Editorial, 1984.

BENJAMIN, Walter. *Magia e técnica, arte e política*. São Paulo: Editora Brasiliense, 1994.

BERGERET, Lazariene. *Du Côte de Ludothèques*. Paris: Edition Fleurus, 1984.

BETTELHEIM, Bruno. *Uma vida para seu filho*: pais bons o bastante. São Paulo: Editora Campus, 1988.

BETELHEIM, Bruno. *A fortaleza vazia*. São Paulo: Livraria Martins Fontes, 1987.

BOADELLA, David. *Correntes da vida*: introdução à Biossíntese. São Paulo: Summus Editorial, 1992.

BOMTEMPO, Edda. Brinquedoteca: o espaço da criança. *In*: FRANÇA, Gisela, W. *et al. O cotidiano na pré-escola*. FDE. São Paulo, Série Ideias, 7, 1990, p. 68-72.

BOMTEMPO, Edda. *Psicologia do brinquedo*: aspectos teóricos e metodológicos. São Paulo: Editora Nova Stella/Edusp, 1986.

BOMTEMPO, Edda. Aprendizagem e brinquedo. *In*: WITTER, Geraldina Porto. *Psicologia da aprendizagem*: áreas de aplicação. São Paulo: Edusp, 1987, p. 1-13.

BOMTEMPO, Edda. Brinquedo, linguagem e desenvolvimento. *In*: *Pré-textos de alfabetização escolar*: algumas fronteiras de conhecimento. São Paulo: Edusp. v. 2, p. 23-40, 1988.

BOSI, Ecléa. *Memória e sociedade*: lembranças de velhos. 2. ed. São Paulo: Editora T. A. Queiroz/Edusp, 1987.

BRANDÃO, Helena; FROESELER, Maria das Graças. *O livro dos jogos e das brincadeiras para todas as idades*. Belo Horizonte: Editora Leitura, 1998.

BRAZIL, Circe N. V. *O jogo e a constituição do sujeito na dialética social*. Rio de Janeiro: Editora Forense Universitária, 1988.

BRENELLI, Rosely Palermo. *O jogo como espaço para pensar*: a construção de noções lógicas e aritméticas. Campinas: Editora Papirus, 1996.

Ludicidade e atividades lúdicas na prática educativa   133

BROICH, Josef. *Jogos para crianças*: mais de cem brincadeiras com movimento, tensão e ação. São Paulo: Edições Loyola, 1996.

BROUGÈRE, Gilles. *Brinquedo e cultura*. São Paulo: Cortez Editora, 1995.

BROUGÈRE, Gilles. *Jogo e educação*. Porto Alegre: Artes Médicas, 2003.

BRUHNS, Heloisa Turini. *Corpo parceiro e corpo adversário*. Campinas: Editora Papirus Editora, 1993.

C

CAILLOIS, R. *Les jeux et les hommes*. Paris: Editora Gallimard, 1958.

CASCUDO, Luís da Câmara. *Dicionário de folclore brasileiro*. São Paulo: Editora da Universidade de São Paulo, 1984.

CHATEAU, Jean. *O jogo e a criança*. São Paulo: Summus Editorial, 1987.

COSSIO, Carlos. *La teoria egologica del derecho*. Buenos Aires: Espasa-Calpe, 1963 (ver exclusivamente a teoria dos objetos).

COSTA, Eneida Elisa Mello. *O jogo com regras e a construção do pensamento operatório*. Tese de Doutorado. São Paulo: USP, 1991.

CUNHA, Nylse Helena Silva. *Materiais pedagógicos*: manual de utilização. FENAME/MEC/APAE. São Paulo, 1981.

CUNHA, Nylse Helena Silva. *Brinquedo, desafio e descoberta*. FAE/MEC, Brasília, 1988.

E

ELKONIN, Daniil D. *Psicologia do jogo*. São Paulo: Livraria Martins Fontes, 1998.

F

FRANÇA, Gisela Wajskop. O papel do jogo na educação das crianças pequenas. *In: Ideias*, n. 7, FDE. São Paulo, 1990. p. 16-53.

FRANÇA, Gisela Wajskop. *Tia, me deixa brincar!* O papel do jogo na educação pré-escolar. Dissertação de Mestrado. PUC/SP, São Paulo, 1990.

FREIRE, Paulo. *Extensão ou comunicação?* Rio de Janeiro: Editora Paz e Terra, 1977.

FREIRE, Paulo. *Pedagogia do oprimido.* Rio de Janeiro: Editora Paz e Terra, 1970.

FREUD, Sigmund. *Edição standart das Obras Completas de Sigmund Freud.* Rio de Janeiro: Imago Editora, 1974.

FREUD, Anna. *Infância normal e patológica*: determinantes do desenvolvimento. Rio de Janeiro: Editora Guanabara, 1987.

FRIEDMANN, Adriana. *Jogos tradicionais na cidade de São Paulo*: recuperação e análise de sua função educacional. Dissertação de Mestrado. Unicamp. São Paulo, 1990.

FRIEDMANN, Adriana *et al.* (org.). *O direito de brincar.* 3. ed. São Paulo: Editora Scritta. 1996.

G

GROLNICK, Simon. *Winnicott — o trabalho e o brinquedo*: uma leitura introdutória. Porto Alegre: Artes Médicas, 1993.

H

HOLZMANN, Maria Eneida F. *Jogar é preciso:* jogos espontâneo-criativos para famílias e grupos. Porto Alegre: Artes Médicas, 1998.

HUIZINGA, Johan. *Homo ludens.* São Paulo: Editora Perspectiva, 1971.

J

JACKIN, Guy. *A educação pelo jogo*. São Paulo: Editora Flamboyant, 1960.

K

KAMII, Constance; DEVRIES, Rheta. *Jogos em grupo na educação infantil:* implicações da teoria de Piaget. Porto Alegre: Artes Médicas, 1985.

KELEMAN, Stanley. *Anatomia emocional.* São Paulo: Summus Editorial, 1992.

KELEMAN, Stanley. *Amor e vínculos*: uma visão somático-emocional. São Paulo: Summus Editorial, 1996.

KELEMAN, Stanley. *Padrões de distresse.* São Paulo: Summus Editorial, 1993.

KISHIMOTO, Tizuko Morchida. O brinquedo na educação. *In*: *Ideias,* n. 7. FDE. São Paulo, 1990. p. 39-45.

KISHIMOTO, Tizuko Morchida. *Jogos tradicionais infantis.* Petrópolis: Editora Vozes, 1993.

KISHIMOTO, Tizuko M. *O jogo e a Educação infantil.* São Paulo: Pioneira Editora, 1994;

KISHIMOTO, Tizuko M. *Jogos tradicionais infantis.* Petrópolis: Editora Vozes, 1993.

KLEIN, Melanie. *Obras Completas de Melanie Klein.* Rio de Janeiro: Imago Editora. v. I, 1996, II, 1997, III, 1991, IV, 1994.

KORCZAK, Janusz. *Quando eu voltar a ser criança.* São Paulo: Summus Editorial, 1981.

L

LAPIERRE, André. *Psicanálise e análise corporal da relação*: semelhanças e diferenças. São Paulo: Editora Lovise, 1997.

LAPIERRE, André; AUCOUTURIER, Bernard. *Fantasmas corporais e prática psicomotora*. São Paulo: Editora Manole, 1984.

LAPIERRE, André; AUCOUTURIER, Bernard. *A simbologia do movimento*. Porto Alegre: Artes Médicas, 1986.

LAPIERRE, André; AUCOUTURIER, Bernard. *Bruno*: psicomotricidade e terapia. Porto Alegre: Artes Médicas,1986.

LEBOULCH, J. *Rumo para uma ciência do movimento humano*. Porto Alegre: Artes Médicas, 1997.

LEBOULCH, Jean. *O desenvolvimento psicomotor (0 a 6 anos)*. Porto Alegre: Artes Médicas, 1982.

LEBOULCH, Jean. *A educação psicomotora*. Porto Alegre: Artes Médicas, 1984.

LEBOVICI, S.; DIAKTINE, R. *Significado e função do brinquedo na criança*. Porto Alegre: Artes Médicas 1998.

LEIF, Joseph; BRUNELLE, Lucien. *O jogo pelo jogo*. Rio de Janeiro: Zahar Editora, 1978.

LEBOVICI, S.; DIATKINE, R. *O significado e função do jogo na criança*. Porto Alegre: Artes Médicas, 1985.

LINDQUIST, Ivony. *A criança no hospital*: terapia pelo brinquedo. São Paulo: Editora Scritta, 1993.

LUCKESI, Cipriano Carlos (org.). *Educação e ludicidade, Ensaios 01*. Grupo de Estudo e Pesquisa em Educação e Ludicidade — GEPEL,

Faculdade de Educação, Universidade Federal da Bahia, FACED/ UFBA, 2000, Coletânea.

LUCKESI, Cipriano Carlos. Ludicidade e atividades lúdicas: uma abordagem a partir da experiência interna. *In*: PORTO, Bernadete de Souza (org.). *Educação e ludicidade, Ensaios 02*: Ludicidade o que é mesmo isso?, publicado pelo Grupo de Estudo e Pesquisa em Educação e Ludicidade — GEPEL, Faculdade de Educação, Universidade Federal da Bahia, FACED/UFBA, 2002, p. 22-60.

LUCKESI, Cipriano Carlos. Estados de consciência e atividades lúdicas. *In*: PORTO, Bernadete de Souza (org.). *Educação e ludicidade, Ensaios 03*: Ludicidade onde acontece?, publicado pelo Grupo de Estudo e Pesquisa em Educação e Ludicidade, GEPEL, Faculdade de Educação, Universidade Federal da Bahia, FACED/UFBA, 2004, p. 11-20.

M

MARCELLINO, Nelson Carvalho. *Pedagogia da animação*. Campinas: Papirus Editora, 1990.

MARCELLINO, Nelson Carvalho. *Lazer e educação*. Campinas: Papirus Editora, 1995.

MIRANDA, Nicanor. *210 jogos infantis*. Belo Horizonte: Editora Itatiaia Limitada, 1992.

MUNARI, Bruno. *Fantasia*. São Paulo: Editora Martins Fontes, 1981.

N

NOVELLY, Maria C. *Jogos teatrais*: exercícios para grupos e sala de aula. Campinas: Papirus Editora, 1994.

O

OAKLANDER, Violet. *Descobrindo crianças*: a abordagem gestáltica com crianças e adolescentes. São Paulo: Summus Editorial, 1980.

OLIVEIRA, Paulo Sales. *Os melhores jogos do mundo*. São Paulo: Editora Abril, 1978.

OLIVEIRA, Paulo Sales. *Brinquedos tradicionais brasileiros*. São Paulo: Editora do Sesc, 1983.

OLIVEIRA, Paulo Sales. *O que é brinquedo*. São Paulo: Editora Brasiliense, 1984.

OLIVERIA, Paulo Sales. *Brinquedos e indústria cultural* Petrópolis: Editora Vozes, 1986.

OLIVEIRA, Vera Barros de. *O símbolo e o brinquedo*: a representação da vida. Petrópolis: Editora Vozes, 1992.

P

PAGE, Hilary. *O brinquedo e as crianças*. São Paulo: Editora Anhanguera, s/d.

PIAGET, Jean. *A formação do símbolo na criança*: imitação, jogo, sonho, imagem e representação. Rio de Janeiro: Zahar Editora, 1971.

PIAGET, Jean. *O juízo moral na criança*. São Paulo: Summus Editorial, 1994.

PIMENTEL, Figueiredo; RABELO, Vitória. *268 jogos infantis*. Belo Horizonte: Villa Rica Editora, 1991.

R

READ, Herbert. *A educação pela arte*. São Paulo: Martins Fontes Editora, 1958.

REICH, Wilhelm. *A função do orgasmo*. São Paulo: Editora Brasiliense, 1992.

REICH, Wilhelm. A linguagem expressiva da vida. *In*: REICH, Wilhelm. *Análise do caráter*. São Paulo: Martins Fontes Editora, 1989.

RIZZI, Leonor; HAYDT, Regina Célia. *Atividades lúdicas na educação infantil*. São Paulo: Editora Ática, 1987.

RODARI, Gianni. *Gramática da fantasia*. São Paulo: Summus Editorial, 1982.

ROSA, Sanny S. da. *Brincar, conhecer, ensinar*. São Paulo: Cortez Editora, 1982.

RODULFO, Ricardo. *O brincar e o significante*: um estudo psicanalítico sobre a constituição precoce. Porto Alegre: Artes Médicas, 1990.

RODRIGUES, Ana Augusta. *Rodas, brincadeiras e costumes*. Rio de Janeiro: Funarte/Pró Memória/MEC, 1976.

ROMANA, Maria Alicia. *Psicodrama pedagógico*: método educacional psicodramático. Campinas: Papirus Editora, 1987.

ROSA, Adriana P.; NÍSIO, Josiane de. *Atividades lúdicas*: sua importância na alfabetização. Curitiba: Juruá Editora, 1998.

ROSAMILHA, Nelson. *Psicologia do jogo e aprendizagem infantil*. São Paulo: Editora Pioneira, 1979.

ROSA, Sanny S. da. *Brincar, conhecer, ensinar*. São Paulo: Cortez Editora, 1998.

S

SANTOS, Santa Marli Pires dos. *Brinquedoteca*: sucata vira brinquedo. Porto Alegre: Artes Médicas, 1995.

SILVA, Maria Alice Setúbal Souza *et al. Memória e brincadeiras na cidade de São Paulo nas primeiras décadas do século XX.* São Paulo: Cortez/ Cenpec, 1989.

SILVA Jr, Aldo. *Jogos para terapia, treinamento e educação.* São Paulo: Editora Cultrix, 1981.

SLADE, Peter. *O jogo dramático infantil.* São Paulo: Summus Editorial, 1978.

T

TUTTLE, Cheryl Gerson; PAQUETE, Penny. *Invente jogos para brincar com seus filhos.* 3. ed. São Paulo: Edições Loyola, 1995.

U

UEMURA, E. *O brinquedo e a prática pedagógica.* Dissertação de Mestrado, PUC/SP, São Paulo, 1989.

USOVA, A. P. *El papel del juego en la educación de los niños.* Ciudad de La Habana: Editorial Pueblo y Educación, 1979.

W

WALLON, Henri. *As origens do pensamento na criança.* São Paulo: Editora Manole, 1989.

WALLON, Henri. *As origens do caráter na criança.* São Paulo: Difel, 1995.

WAJSKOP, Gisela. *Brincar na pré-escola*. São Paulo: Cortez Editora, 1995.

WASSERMAN, Selma. *Brincadeiras sérias na Escola Primária*. Lisboa: Instituto Piaget, 1990.

WEISS, Luise. *Brinquedos e engenhocas*: atividade lúdica com sucata. São Paulo: Editora Scipione, 1993.

WILBER, Ken. *Espectro da consciência*. São Paulo: Editora Pensamento, 1990.

WILBER, Ken. *Projeto Atman*. São Paulo: Editora Cultrix, 1996.

WILBER, Ken. *A consciência sem fronteiras*. São Paulo: Editora Pensamento, 1998.

WILBER, Ken. *Transformações da consciência*: o espectro do desenvolvimento humano. São Paulo: Editora Cultrix, 1999.

WILBER, Ken. *Uma breve história do universo*: de Buda a Freud, religião e psicologia unidas pela primeira vez. Rio de Janeiro: Editora Nova Era, 2000.

WILBER, Ken. *O olho do espírito*. São Paulo: Editora Cultrix, 2001.

WILBER, Ken. *União da alma e do espírito*. São Paulo: Editora Cultrix, 2001.

WILBER, Ken. *Psicologia integral*. Editorial Barcelona: Kairós, 1986.

WILBER, Ken. *El proyecto atman*. Barcelona: Editorial Kairós, 1988.

WILBER, Ken. *Los tres ojos del conocimiento*. Barcelona: Editorial Kairós, 1990.

WINNICOTT, D. W. *O brincar e a realidade*. Rio de Janeiro: Imago Editora, 1975.

Y

YOSO, Ronaldo Yudi K. *100 jogos para grupos*: uma abordagem psicodramática para empresas, escolas e clínicas. São Paulo: Editora Ágora, 1996.

Z

ZHUKÓVSKAIA, R. L. *El juego y su importancia pedagógica*. Ciudad de La Habana: Ed. Pueblo y Educación, 1982.

Considerações finais

A elaboração e publicação do presente livro teve como intenção oferecer aos leitores, de um lado, compreensões epistemológicas a respeito da ludicidade e das atividades lúdicas, e, de outro, subsidiar possíveis decisões para atuar nessa área de conhecimentos e de atividades educativas.

Para tanto, para além das compreensões teóricas expostas no decurso dos capítulos deste livro, elencamos a bibliografia que fora utilizada nas experiências relatadas no capítulo 7, e, no capítulo 8, encontra-se uma bibliografia geral sobre a temática da ludicidade e das atividades lúdicas, subsidiando os interessados na temática abordada.

Importa ter presente que ludicidade é uma experiência que deve estar presente na vida do ser humano em todas as idades, da infância à maturidade, assim como nas idades avançadas. Como experiência interna ao ser humano, ela se faz presente na vida como um todo, existindo, da forma como tivemos oportunidade de expor no decurso dos capítulos do presente livro: vivências próprias e ajustadas a cada faixa etária.

No fechamento desta publicação, fazemos um convite aos leitores profissionais da área da educação, assim como aos interessados em atividades lúdicas, a se apropriarem das compreensões expostas, assim como, sendo do desejo pessoal, utilizá-las e, evidentemente, refiná-las e compartilhá-las com outros profissionais do meio educacional e de outros possíveis interessados. A bibliografia referenciada subsidiará esse projeto.

Por outro lado e de modo essencial, importa compreender e assumir que todos os seres humanos — todos, sem exceção — têm direito à ludicidade, fator que implica o respeito ao outro, em especial, no que se refere à igualdade de condições de vida. Vivemos em uma sociedade caracterizada pelo modelo da sociedade do capital, na qual os seres humanos não são levados em conta como iguais. Existem as classes sociais — superior, média e inferior — que incluem alguns e excluem muitos.

Todos nós sabemos que os modelos sociais não se modificam nem se modificarão de modo imediato, de um momento para outro. Contudo, podemos atuar a favor de todos propondo e vivenciando modos lúdicos de ser, ainda que dentro da sociedade do capital. No capítulo 5 desta publicação, registramos a partilha feita por Lenore Terr, em seu livro *El Juego: porque los adultos necesitan jugar*[1], a respeito de um cidadão que, mesmo no seio da sociedade do capital, assumiu agir a favor do bem-estar de si e de todos, isto é, ludicamente. Isso é possível e, então, cada um de nós, em seu espaço profissional poderá — e cremos que deverá — ser uma semente para a emergência de uma sociedade mais saudável do ponto de vista da inclusão de todos no uso dos bens a favor da vida.

---

1. Obra já citada anteriormente. Lenore Terr, *El juego:* porque los adultos necesitan jugar. Barcelona: Editorial Paidós, 2000.

Nós educadores que atuamos na formação de nossos estudantes podemos, pois, atuar em duas direções fundamentais:

a) primeiro: ensinar para que *todos* aprendam e, consequentemente, se desenvolvam;

b) segundo: auxiliar crianças, adolescentes, adultos, com os quais agimos pedagogicamente a fim de que aprendam a viver e conviver com todos, atuando na *busca da igualdade* como uma tarefa de todos nós.

Trabalhar para que todos tenham o seu lugar na vida, acolhendo e respeitando a si mesmo, como a todos os outros. Afinal somos iguais perante e na vida.

Sucesso para cada um de nós na vida e para todos os nossos estudantes! Importa que todos aprendam e se desenvolvam para o bem de si e da vida social. A compreensão e o uso da ludicidade como recurso de ensino e de vida é um bem que pertence a todos nós. Devemos usá-lo a favor de todos e, pois, da vida!

Como autor deste escrito, ora tornado público, desejamos bons estudos a todos, porém, mais que isso, com base nas compreensões expostas nos capítulos deste livro, é importante fazer da ludicidade uma meta de trabalho educativo, como também de vida, na perspectiva de subsidiar todos os nossos estudantes a aprender — e bem — todos os conteúdos ensinados, uma vez que esses conteúdos devem estar a serviço da compreensão da vida e do mundo que nos cerca e, consequentemente, a serviço da formação consistente de todos, com alegria e prazer.

Abraço e sucesso tanto nos estudos como na vida!

Anexos
I, II e III

Nos três Anexos que se seguem, o leitor, *a título de ilustração* das possibilidades de ensino dos conteúdos relativos à temática da Ludicidade, encontrará três Programas de disciplinas vinculadas a essa temática. Os Programas expostos foram praticados na atividade pessoal de ensino do autor do presente livro nas disciplinas universitárias Ludopedagogia I, Ludopedagogia II e Ludopedagogia III, sendo que o Programa da disciplina Ludopedagogia III foi compartilhado, tanto no planejamento da disciplina como na sua execução em sala de aula, com a Profa. Bernadete de Souza Porto, da Universidade Federal do Ceará-UFC. Os Programas compartilhados referem-se a uma ou outra execução da disciplina, exclusivamente a título de partilha daquilo que fora praticado no período de ensino entre o fim dos anos 1990 e primeiros anos da década que se iniciou no ano 2000. A cada semestre ocorriam pequenos ajustes nos Programas, a seguir, partilhados.

Anexo I
Programa de ludopedagogia I

Universidade Federal da Bahia
Faculdade de Educação
Programa de Pós-Graduação em Educação
Ludopedagogia I
Desenvolvimento psicológico do ser humano e atividades lúdicas
Semestre 2000.1

Propósito da disciplina

Esta disciplina tem como objetivo estudar o desenvolvimento da consciência como centro da vida humana, assim como os processos e estágios do seu desenvolvimento, e ainda estudar as atividades lúdicas como recursos de autodesenvolvimento e como recursos para a atividade de ensino.

Modalidade de trabalho pedagógico

1. Vamos atuar nessa disciplina através de Projetos de Estudos. Com isso, estamos compreendendo que cada bloco de conteúdos constituir-se-á em um Projeto de Estudo, o que significa que ele produzirá uma unidade de informação e compreensão, logicamente organizada. Serão dois os Projetos de Estudos no decorrer do semestre letivo: Projeto I — Desenvolvimento humano e atividades lúdicas; Projeto II — Desenvolvimento dos estados de consciência e atividades lúdicas.

2. Cada Projeto de Estudo será desenvolvido em sala de aula e fora dela. Na sala de aula, através de vivências e de partilhas das experiências; fora da sala de aula, através da leitura

individual ou partilhada de textos que darão subsídio à compreensão da temática em estudo, assim como para a discussão em sala de aula. Desse modo, é imprescindível que cada estudante tome contato com o material de leitura indicado, estudando-o da melhor forma possível.

3. Cada Projeto de Estudo será encerrado com uma síntese do seu conteúdo, que poderá ser individual, em dupla ou, no máximo, em trio. A melhor das formas é a produção coletiva, desde que dialogada. Quando isso não for possível, que seja individual.

4. As atividades em sala de aula serão vivenciais; para tanto, importa vir para as aulas com uma roupa que possibilite exercícios e atividades corporais.

5. A presença às aulas é fundamental. Cada estudante deverá disputar estar presente às aulas muito mais que disputar estar ausente. O limite legal de ausências é de quinze horas/aulas. Isso significa que, se um ou uma estudante estiver ausente em quatro de nossos encontros (16 horas/aulas), já terá perdido o direito legal de continuar a fazer a disciplina.

6. Como esta é uma disciplina vivencial, existirão múltiplas possibilidades de partilhas de nossas experiências pessoais, o que implica um vínculo dentro do grupo, assim como o sigilo sobre o que ocorrer dentro da sala de aula, no que se refere aos processos pessoais de cada um dos estudantes e cada uma das estudantes.

7. A avaliação da aprendizagem na disciplina será processual e construtiva, o que significa que iremos construindo nossa tarefa da melhor forma possível no decurso das atividades.

Conteúdo Programático

Introdução à disciplina

Classe I — Introdução à disciplina, apresentação e discussão do Programa de Estudos e encaminhamentos.

Classe II — Introdução à articulação entre os estudos dos estados de consciência e as atividades lúdicas como recursos de desenvolvimento do ser humano.

LUCKESI, Cipriano Carlos. *In: Cadernos de Pesquisa.* NFIHE/FACED/UFBA, 1998. v. 2, n. 1, p. 9-25 — "Desenvolvimento dos estados de consciência e ludicidade".

Projeto de Estudo I — Desenvolvimento humano e atividades lúdicas

Neste Projeto de Estudos, iremos nos ater às questões do desenvolvimento humano e das atividades lúdicas. Vamos procurar compreender o que é atividade lúdica, assim como compreender como as atividades lúdicas são essenciais para o desenvolvimento do ser humano, da infância à velhice. Para tanto, utilizar-nos-emos de estudos originários da psicologia e da cultura.

Classe III — Prática lúdica e educação

1. CHATEAU, Jean. *O jogo e a criança.* São Paulo: Summus Editorial, 1987 — "Porque a criança brinca?", p. 3-33.
2. HUIZINGA Johan. *Homo ludens.* São Paulo: Editora Perspectiva, 1971 — "Natureza e significado do jogo como fenômeno cultural", p. 3-32.
3. KISHOMOTO, Tisuko Morchida. *Jogo, brinquedo, brincadeira e a educação.* São Paulo: Cortez Editora, 1996 — "O jogo e a educação infantil", p. 3-44.

Classe IV — A constituição da identidade e a prática lúdica

1. BETELHEIM, Bruno. *Uma vida para seu filho*: pais bons o bastante. São Paulo: Editora Campus, 1988 — "(1) Construindo a identidade; (2) Brincadeira: ponte para a realidade; (3) Compreendendo a importância da brincadeira; (4) Brincadeira como solução de problemas", capítulos 13, 14, 15, 16 (as páginas variam conforme a edição utilizada).

2. WINNICOTT, D. W. *O brincar e a realidade*. Rio de Janeiro: Imago Editora, 1975 — "(1) Objetos transicionais e fenômenos transicionais, p. 13-44; (2) Brincar: uma exposição teórica, p. 59-78; (3) O brincar: atividade criativa e a busca do eu (self)", p. 79-94.

3. ABERASTURY, Arminda. *Psicanálise da criança*: teoria e técnica. Porto Alegre: Artes Médica, 1992 — "(1) Análise da fobia de uma criança de cinco anos; (2) Nascimento de uma técnica; (3) Duas correntes em psicanálise de crianças", p. 21-69.

Classe V — As fases do desenvolvimento em Piaget e prática lúdica

1. GOULART, Iris Barbosa. *Piaget*: experiências básicas para utilização pelo professor. Petrópolis: Editora Vozes. 1999 — "O desenvolvimento psíquico na perspectiva de Piaget", p. 23-66.

2. ARAUJO, Vania Carvalho de. *O jogo no contexto da educação psicomotora*. São Paulo: Cortez Editora, 1992 — "(1) Algumas considerações históricas; (2) Considerações sobre Piaget e sua teoria", p. 13-28.

Classe VI — A emergência do Self pessoal e prática lúdica

1. ROGERS, Carl. *Terapia centrada no cliente*. São Paulo: Martins Fontes, 1994 — "Ludoterapia", p. 269-318.

2. AXLINE, Virgínia Mae. *Ludoterapia:* a dinâmica interna da criança. Belo Horizonte: Interlivros, 1972 — "Ludoterapia", p. 22-63.

3. AXLINE, Virgínia Mae. *DIBS em busca de si mesmo*. Rio de Janeiro: Editora Agir, 1973.

Atividade de avaliação

Além da avaliação processual, que iremos praticando no decurso do desenvolvimento deste Projeto de Estudos, através da partilha entre nós, seus participantes, haverá uma síntese escrita da compreensão estabelecida sobre o significado das atividades lúdicas no desenvolvimento da criança, do adolescente e do adulto. Esse texto deverá estar concluído uma semana após a última classe deste Projeto. A síntese poderá ser individual ou coletiva, conforme estabelecido anteriormente.

Projeto de Estudo II — Desenvolvimento dos estados de consciência e atividades lúdicas

Este Projeto de Estudos destina-se a estabelecer uma compreensão do que venha a ser consciência, estados de consciência e o desenvolvimento dos estados de consciência como centro de atenção na prática educativa.

Classe VII — Os limites de nossa compreensão da consciência

WILBER, Ken. *A consciência sem fronteiras*. São Paulo: Editora Pensamento, 1979, "I. Introdução — Quem sou eu?; Capítulo II. Dividido pela metade; Capítulo III. Território sem fronteiras".

Classe VIII — As possibilidades da consciência humana

WILBER, Ken. *Idem* — Capítulos: "IV. Consciência sem fronteiras; V. Momento sem fronteiras; VI. Crescimento das fronteiras".

Classe IX — Níveis da consciência I

WILBER, Ken. *Idem* — Capítulos: "VII. O nível da pessoa: inicia-se o descobrimento; VIII. O nível do centauro".

Classe X — Níveis da consciência II

WILBER, Ken. *Idem* — Capítulos: "IX — O Eu na transcendência; X — O estado fundamental da consciência".

Classe XI — Níveis da consciência III

WILBER, Ken. *Transformações da consciência*: o espectro do desenvolvimento humano. São Paulo: Editora Cultrix. "Parte I — O espectro do desenvolvimento", p. 13-60, 1999.

Textos complementares

WILBER, Ken. *Espectro da consciência*. São Paulo: Editora Pensamento, 1977.

WILBER, Ken. *El proyecto atman*. Barcelona: Editorial Kairós, 1989.

WILBER, Ken. *Psicologia integral*. Barcelona: Editorial Kairós, 2002.

WILBER, Ken. *Los tres ojos del conocimiento*. Barcelona: Editorial Kairós, 2006.

STEINER, Rudolf. *O conhecimento dos mundos superiores*: a iniciação. São Paulo: Editora Antroposófica, 1983.

STEINER, Rudolf. *O limiar do mundo espiritual*: considerações aforísticas. São Paulo: Editora Antroposófica, 1994.

STEINER, Rudolf. *A ciência oculta*: esboço de uma cosmovisão suprassensorial. São Paulo: Editora Antroposófica, 1998.

STEINER, Steiner. *Os graus do conhecimento superior*: o caminho iniciático da imaginação, da inspiração e da intuição. São Paulo: Editora Antroposófica, 2007.

GOSWAMI, Amit. *O universo autoconsciente*: como a consciência cria o mundo material. São Paulo: Editora Rosa dos Tempos, 1998.

CASTAÑEDA, Carlos. Vale a pena ler os livros desse autor sob a ótica do desenvolvimento dos estados de consciência.

Atividade de avaliação

A avaliação será processual à medida que todas as aulas serão oportunidades ímpares de observação sobre cada um de nós mesmos, de partilhas e de sinalizações pessoais. Além disso, cada estudante, individual ou coletivamente (conforme vier a ser combinado), produzirá uma síntese crítica dos estudos realizados, estabelecendo uma ponte entre estados de consciência e educação. Esta síntese será entregue uma semana após a última classe deste Projeto.

Anexo II
Programa de ludopedagogia II

Universidade Federal da Bahia
Faculdade de Educação
Programa de Pós-Graduação em Educação
Ludopedagogia II — Aspectos socioculturais
Segundo semestre letivo de 2000

Propósito da disciplina

As atividades lúdicas apresentam múltiplas facetas, tais como a psicológica, a pedagógica, a recreativa, a terapêutica, a cultural, entre outras. Nesta disciplina, vamos centrar nossa atenção no aspecto sociocultural das atividades lúdicas, sem descuidar do fato de que essa faceta está articulada com todas as outras.

Uma atividade psicológica, devido ao fato de seu foco principal estar sendo o psicológico, não deixa de ser, ao mesmo tempo, pedagógica e sociocultural. Também, uma abordagem sociocultural não deixa de ser, ao mesmo tempo, psicológica e pedagógica devido ao fato de seu foco predominante ser o sociocultural.

Por enfoque sociocultural, vamos compreender a forma de abordar as atividades lúdicas tendo por base a compreensão de sua configuração e de seus determinantes socioculturais; isto é, vamos estar atentos aos elementos histórico-sociais, que configuraram nossos brincares e nossos brinquedos. Para isso, vamos dar atenção às nossas etnias e à trama das relações sociais, que configuraram o nosso objeto de estudos.

Conteúdo programático

Os conteúdos, que se seguem, são iniciais e provisórios, podendo ser modificados, caso este venha ser o desejo coletivo dos componentes da turma de estudantes.

1. Início da disciplina: apresentação do Programa, práticas metodológicas, estudos a serem realizados. Visão geral da disciplina. O brincar e o brinquedo como objetos culturais.
2. O ser humano como um ser que cria a cultura: ser ativo que cria e vive a ludicidade.
3. As atividades lúdicas como atividades que pertencem e se caracterizam na experiência sociocultural: características sociológicas do brincar.
4. O brincar e o brinquedo na história em geral, na modernidade e no presente; a trajetória do brincar e sua expressão no presente.
5. O brincar e o brinquedo em nossa trajetória pessoal de vida: um olhar sócio-histórico sobre o nosso brincar pessoal.
6. As heranças portuguesas do nosso brincar e dos nossos brinquedos.
7. As heranças africanas do nosso brincar e dos nossos brinquedos.
8. As heranças indígenas do nosso brincar e dos nossos brinquedos.
9. A regionalidade e a universalidade do brincar e dos nossos brinquedos.

Textos básicos de estudos

COSTA, Carlos. *O problema da sociologia como ciência*. Salvador: Editora UFBA, 1973. "A noção de objeto — suas espécies e propriedades". p. 37-49.

ENGELS F. e MARX, K. *Obras escolhidas*. São Paulo: Editora Alfa-Ômega. F. Engels, "Sobre o papel do trabalho na transformação do macaco em homem". v. 2, p. 267-280, s/d.

Ludicidade e atividades lúdicas na prática educativa   159

HUIZINGA, Johan. *Homo ludens*. São Paulo: Editora Perspectiva, 1980. "Natureza e significado do jogo como fenômeno cultural", p. 31 e seguintes.

HUIZINGA, Johan. *Idem*. "O elemento lúdico da cultura contemporânea", p. 218-236.

KISHIMOTO, Tizuko Morchida. *Jogos infantis*: o jogo, a criança e a educação. Petrópolis: Editora Vozes, 1998. "Jogos tradicionais infantis", p. 13-75.

Observações metodológicas

1. A disciplina terá a característica de uma oficina de construção de conhecimentos, no sentido de que todos nós somos responsáveis pelas atividades a serem desenvolvidas.
2. As aulas serão teórico-vivenciais.
3. Importa que os textos básicos sejam estudados pelos participantes e que os textos complementares, efetivamente, sejam visitados.
4. É de máxima importância que cada estudante, ao encontrar e obter novos dados sobre o conteúdo da disciplina (livros, brinquedos, textos...), partilhe isso com os colegas.
5. A frequência às aulas é um direito de cada estudante; não, por si, um dever obrigatório. Isso quer dizer que devemos disputar estar presentes e não ausentes.
6. Haverá um trabalho monográfico final para concluir a disciplina, que será um estudo das atividades lúdicas a partir da experiência de vida de cada um: *Como se deu a ludicidade em minha vida*.

Textos complementares

BROUGÈRE, Gilles. *Brinquedo e cultura*. Cortez Editora: São Paulo, 1995. Coleção Questões da Nossa Época. O livro traz algumas discussões teóricas sobre o brincar e o brinquedo.

FRIDMAN, Adriana e outros (org.). *O direito de brincar*. São Paulo: Editora Scrita, 1992. O livro contém uma coletânea de textos, que trata de temas teóricos sobre o brincar, assim como sobre experiências práticas, tais como brinquedoteca, a experiência de brincar em escolas, hospitais etc. Apresenta uma significativa amostragem introdutória à questão do brincar.

WAJSKOP, Gisela. *Brincar na pré-escola*. São Paulo: Cortez Editora, 1995. Coleção Questões da Nossa Época. Uma dissertação de Mestrado sobre o brincar na pré-escola, que tomou por base uma abordagem sociocultural.

OLIVEIRA, Paulo de Salles. *O que é brinquedo*. São Paulo: Editora Brasiliense, 1989. Uma introdução à questão do brinquedo em geral, o artesanal e o industrializado. No caso, vale a pena entrar em contato com esse livro como uma iniciação, com abertura para outras bibliografias.

ABRAMOVICH, Fanny. *O estranho mundo que se mostra à criança*, 1983; *O mito da infância feliz*, 1983; *Ritos de passagem*, 1985. São três livros da Summus Editorial, São Paulo. Servem como curiosidade. O primeiro livro registrado contém um estudo sobre o que se oferece às crianças no presente. Os outros dois têm mais a ver com a curiosidade de entrar em contato com depoimentos, por vezes, dolorosos e, por vezes, jocosos. Destina-se a uma leitura livre, caso haja curiosidade sobre os temas.

OBSERVAÇÃO
Cada estudante da presente disciplina, à medida que entre em contato com novos textos, poderá e deverá seguir enriquecendo a referência de textos complementares.

Anexo III

Programa de ludopedagogia III

Universidade Federal da Bahia
Faculdade de Educação
Programa de Pós-Graduação em Educação
Ludopedagogia III: atividades lúdicas e prática educativa[2]
Primeiro semestre letivo de 2004

Propósito da disciplina

As atividades lúdicas podem ser estudadas sob múltiplos enfoques. Para este semestre letivo, vamos nos utilizar do enfoque da prática educativa. Pretendemos estudar como as atividades lúdicas podem e devem servir de recursos para o exercício dessa prática.

Para isso, daremos atenção ao estudo da ludicidade como pano de fundo de tudo o que viermos a fazer; estudaremos com especificidade as relações entre educador e educando, o uso das atividades lúdicas no ensino-aprendizagem dentro da escola, os processos didáticos de ensino-aprendizagem, tendo as atividades lúdicas como recursos básicos.

A disciplina terá um caráter teórico-vivencial, ou seja, os temas serão vivenciados e compreendidos teoricamente no limite das possibilidades em sala de aula.

---

2. Para o desenvolvimento dessa disciplina, atuamos, conjuntamente, a professora Bernadete de Souza Porto, UFC, e eu, Cipriano Luckesi.

Conteúdo programático

1. Chegada — atividades de vinculação. Que é ludicidade — retomada do conceito, vivencialmente.
2. Filme: Sociedade dos poetas mortos
3. I — Quem é o educador e o educando — personagens, relações, transferência e contratransferência, processos projetivos.
4. II — Quem é o educador e o educando — personagens, relações, transferência e contratransferência, processos projetivos.
5. I — As atividades lúdicas como recursos do ensino-aprendizagem: atividades lúdicas na escola ou fora da escola? Atividades lúdicas ensinam? Atividades lúdicas são meios ou fins na prática do ensino-aprendizagem?
6. II — As atividades lúdicas como recursos do ensino-aprendizagem: atividades lúdicas na escola ou fora da escola? Atividades lúdicas ensinam? Atividades lúdicas são meios ou fins na prática do ensino-aprendizagem?
7. I — Atividades lúdicas e a educação formal — níveis de ensino: pré-escola, ensino fundamental, ensino médio, ensino superior
8. II — Atividades lúdicas e a educação formal — níveis de ensino: pré-escola, ensino fundamental, ensino médio, ensino superior
9. I — Processo de ensino — que teoria seguir?
10. II — Processo de ensino — que teoria seguir?
11. Processo de ensino através das atividades lúdicas — planejamento
12. Processo de ensino, através das atividades lúdicas — execução
13. Processo de ensino, através das atividades lúdicas — avaliação
14. Síntese da disciplina
15. Encerramento

Observações metodológicas

1. A disciplina terá a característica de uma oficina de construção, no sentido de que todos nós seremos responsáveis pelas atividades a serem desenvolvidas.
2. As aulas serão teórico-vivenciais. Em função disso, teremos atividades corporais, o que implica que cada estudante venha para a sala de aula com roupa adequada para isso. As peças "jeans" devem sempre ser evitadas, pois dificultam o movimento livre e criativo.
3. Importa que os textos básicos sejam estudados pelos participantes, previamente às aulas, tendo em vista o enriquecimento dos debates, das trocas e partilhas.
4. É de máxima importância que cada estudante, ao encontrar ou obter novos dados sobre o conteúdo da disciplina (livros, brinquedos, textos etc.), partilhe isso com os colegas.
5. A combinar, muitas atividades da disciplina poderão ser propostas e orientadas pelos estudantes matriculados.
6. A frequência às aulas é um direito de cada estudante. Assim deve ser compreendida a obrigatoriedade da presença às aulas. Há limite de faltas garantido pela legislação, porém, pensamos que não se deve buscar esse limite, desde que nossa disciplina é vivencial.
7. Questões metodológicas específicas serão debatidas ao longo da disciplina.
8. Haverá um trabalho monográfico final para concluir a disciplina.

Bibliografia

A bibliografia que se segue é geral, cobrindo um grande espectro de temas.

ABERASTURY, A. *A criança e seus jogos*. Porto Alegre: Artes Médicas, 1992.

AGOSTINI, Franco. *Juegos de logica y matemáticas*. Madrid: Ed. Pirámide, 1987.

BARBOSA, Ana Mae. *Recorte e colagem*. São Paulo: Cortez Editora, 1982.

BETTELHEIM, Bruno. *Uma vida para seu filho: pais bons o bastante*. São Paulo: Editora Campus, 1998.

BOMTEMPO, Edda. Brinquedo, linguagem e desenvolvimento. *In*: AZEREDO, M.A. (org.). *Pre-textos de alfabetização escolar*: algumas fronteiras de conhecimento. São Paulo: Editora Bomtempo, 1988, v. 2, p. 23-40.

BOMTEMPO, Edda. *Psicologia do brinquedo*: aspectos teóricos e metodológicos. São Paulo: Nova Stella/Edusp, 1986.

BRUHNS, Heloisa Turini. *Corpo parceiro e corpo adversário*. Campinas: Papirus Editora, 1993.

CHATEAU, Jean. *O jogo e a criança*. São Paulo: Summus Editorial, 1987.

COSTA, Eneida Elisa Mello. *O jogo com regras e a construção do pensamento operatório*. Tese do Doutorado. Inst. de Psicologia/USP, São Paulo, 1991.

CUNHA, Nylse Helena Silva. *Materiais pedagógicos*: manual de utilização. FENAME/MEC/APAE. São Paulo, 1981.

FRANÇA, Gisela Wajskop. *Tia, me deixa brincar!* O papel do jogo na educação pré-escolar. Dissertação de Mestrado. PUC/SP. São Paulo, 1990.

FRIEDMANN, Adriana. *Jogos tradicionais na cidade de São Paulo*: recuperação e análise de sua função educacional. Tese de Mestrado. Unicamp. São Paulo, 1990.

JACKIN, Guy. *A educação pelo jogo*. São Paulo: Editora Flamboyant, 1960.

KAMII, Constance; DeVRIES, Rheta. *Jogos em grupo na educação infantil*: implicações da teoria de Piaget. Porto Alegre: Trajetória Cultural, distribuído pela Artes Médicas, 1985.

KISHIMOTO, Tizuko Morchida. *Jogos tradicionais infantis*. Petrópolis: Editora Vozes, 1993.

KISHIMOTO, Tizuko Morchida. O brinquedo na educação. *In*: *Ideias*, n. 7. FDE. São Paulo, 1990, p. 39-45.

KISHIMOTO, Tizuko Morchida. *O jogo e a educação infantil*. São Paulo: Editora Pioneira, 1994.

LEBOVICI, S.; DIATKINE, R. *O significado e função do jogo na criança*. Porto Alegre: Artes Médicas, 1985.

NOVELLY, Maria C. *Jogos teatrais*: exercícios para grupos e sala de aula. Campinas: Papirus Editora, 1994.

OAKLANDER, V. *Descobrindo crianças*: a abordagem gestáltica com crianças e adolescentes. São Paulo: Summus Editorial, 1980.

OLIVEIRA, Paulo Sales. *Brinquedos tradicionais brasileiros*. São Paulo: Sesc, 1983.

PIAGET, Jean. *A formação do símbolo na criança*: imitação, jogo, sonho, imagem e representação. Rio de Janeiro: Zahar, 1971.

RIZZI, Leonor; HAYDT, Regina Célia. *Atividades lúdicas na educação infantil*. São Paulo: Editora Ática, 1987.

ROMANA, Maria Alicia. *Psicodrama pedagógico*: método educacional psicodramático. Campinas: Papirus Editora, 1987.

ROSAMILHA, Nelson. *Psicologia do jogo e aprendizagem infantil*. São Paulo: Editora Pioneira, 1979.

SANTOS, Santa Marli Pires dos. *Brinquedoteca*: sucata vira brinquedo. Porto Alegre: Artes Médicas, 1995.

SLADE, Peter. *O jogo dramático infantil*. São Paulo: Summus Editorial, 1978.

WAJSKOP, Gisela. *Brincar na pré-escola*. São Paulo: Cortez Editora, 1995.

WEISS, Luise. *Brinquedos e engenhocas*: atividade lúdica com sucata. São Paulo: Editora Scipione, 1993.

WINNICOTT, D. W. *O brincar e a realidade*. Rio de Janeiro: Imago Editora, 1975.

YOSO, Ronaldo Yudi K. *100 jogos para grupos*: uma abordagem psicodramática para empresas, escolas e clínicas. São Paulo: Editora Ágora, 1996.

LEIA TAMBÉM

AVALIAÇÃO DA APRENDIZAGEM
componente do ato pedagógico

Cipriano Carlos Luckesi

1ª edição (2010) ◆ 448 páginas ◆ ISBN 978-85-249-1657-1

Aos que se preparam para atuar profissionalmente como educadores nas instituições escolares de nosso país e do exterior, assim como aos que já trabalham como educadores, este livro oferece subsídios para melhor compreender o ato de avaliar a aprendizagem dos nossos educandos e, dessa forma, orientar uma prática mais adequada às suas finalidades. No decorrer de suas páginas há um movimento constante entre a denúncia de uma situação inadequada e o anúncio de novas possibilidades, uma dialética entre a desconstrução e a reconstrução de conceitos e modos de agir. O desejo implícito, presente no texto, é de que, educadores e futuros educadores, se aproximem cada vez mais da possibilidade de fazer da avaliação nossa aliada na busca do sucesso na arte de ensinar e de aprender. Necessitamos dela nessa condição.

LEIA TAMBÉM

AVALIAÇÃO EM EDUCAÇÃO
questões epistemológicas e práticas

Cipriano Carlos Luckesi
1ª edição (2018) • 232 páginas • ISBN 978-85-249-2685-3

Este livro trata do tema "Avaliação em educação", sob as óticas da aprendizagem, institucional e de larga escala, predominando a abordagem sobre avaliação da aprendizagem. Ele está sendo publicado em comemoração ao 50º aniversário do início dos estudos do autor a respeito dessa temática. O livro está estruturado em nove capítulos, sendo os dois primeiros dedicados às questões epistemológicas do ato de avaliar e do uso dos seus resultados; os cinco capítulos subsequentes tratam da avaliação da aprendizagem; o capítulo 8 é dedicado à avaliação institucional e de larga escala na educação brasileira; e o último capítulo, o 9, para além de todas as compreensões, trata do educador e de seu papel no ensinar-aprender.

GRÁFICA PAYM
Tel. [11] 4392-3344
paym@graficapaym.com.br